创业管理系列丛书

新创企业的企业家

肖建忠 付 宏 著

南开大学出版社

天 津

图书在版编目(CIP)数据

　新创企业的企业家 / 肖建忠，付宏著． —天津：南开
大学出版社，2009.2
　（创业管理系列丛书）
　ISBN 978-7-310-03093-4

　Ⅰ.新… 　Ⅱ.①肖…②付… 　Ⅲ.企业家－研究
Ⅳ.F272.91

中国版本图书馆 CIP 数据核字(2009)第 012032 号

版权所有　侵权必究

南开大学出版社出版发行
出版人：肖占鹏
地址：天津市南开区卫津路 94 号　　邮政编码：300071
营销部电话：(022)23508339　23500755
营销部传真：(022)23508542　　邮购部电话：(022)23502200
*
南开大学印刷厂印刷
全国各地新华书店经销
*
2009 年 2 月第 1 版　　2009 年 2 月第 1 次印刷
787×960 毫米　16 开本　10.125 印张　176 千字
定价：22.00 元

如遇图书印装质量问题，请与本社营销部联系调换，电话：(022)23507125

本书受国家自然科学基金项目"中英中小企业创业行为的比较研究"（70402007）及中国地质大学人文社科基金项目"转型背景下创业家的企业理论研究"联合资助。

总　序

张玉利

创业管理研究的兴起与进展

　　20 世纪 80 年代以来，社会转型和新技术的快速发展与普及应用引发了新一轮创业热潮，创业活动日趋活跃，成为经济发展和社会进步的重要推动力量，包括德鲁克在内的许多著名学者都呼吁重视和发展创业型经济，并已得到政府的高度重视。除一直把创新与创业精神作为重要战略优势的美国外，欧盟于 2003 年明确指出当前的政策挑战是识别和塑造繁荣创业活动氛围的关键因素，政策措施应根植于推动欧盟的创业活动水平，采取最有效措施来鼓励创业活动并推动中小企业成长，连多年强调"拿来主义"的日本也把重视创新和创业作为推动经济转型和国家竞争优势的重要手段。改革开放以来，创业活动已经成为推动我国经济发展的内生力量，成为激发民间活力的重要形式，成为促进就业的重要途径，也必将成为推动自主创新和发展高科技产业、现代服务业等高端产业的重要力量。创业活动是创业者在风险和不确定性环境中识别和把握机会、获取利润并谋求成长的过程，其重要性、独特性和复杂性要求学术界积极开展创业研究工作，长期重视大企业管理实践的管理研究也开始关注企业生命周期前端的创业活动。创业研究从宏观转向了微观层次，更多地关注创业与新企业过程中的管理问题。

　　创业活动因其机会导向、不拘泥于资源约束条件下的快速行动、富于创新并积极承担风险等本质特点而不同于常规的企业经营活动，创业活动的独特性引起了现代管理理论特别是战略管理学者的兴趣和关注，创业研究已形成一股强劲浪潮并进入管理学领域的主流研究范畴，创业研究成为管理学界发展速度最快的学科领域之一。我国的学术界也及时关注到创业研究的重要性，部分重点大学相继组织召开学术研讨会，倡导并积极推动国内的创业研究工作。其中影响较大的有"首届创业学暨企业家精神教育研讨会"（南开大学，2003）、"人力资源与创业管理研讨会"（浙江大学，2004，2005，2006）、"亚洲创业教育会议"（清华大学，2005）、"创新与创业国际研讨会"（吉林大学，2005）、"创业研究与教育国际研讨会"（南开大学与百森商学院，2006）等。研讨会的召开使学术界对创业的研究已从比较陌生发展到广泛重视的阶段，创业研究已经成为管理领域学术研讨会的重要主题，在国内凝聚了研究单位相对集中同时合作交流紧密的研究队伍。这支研究队伍对国外创业研究进展进行了及时的跟踪和梳理，关注我国创业活动并开展实证研究，取得了丰硕的研究成果。

创业研究的学术贡献

经过这些年来的发展，创业研究取得了显著的学术贡献，我认为至少表现为以下三个方面：

首先，创业特质论的主导地位遭遇严重挑战，关注创业过程的研究主张受到重视。长期以来，学术界重点关注"谁是创业者"的问题，尝试区分创业者与非创业者、创业者与管理者以及创业者群体之间的差异，识别创业者在成就欲望、风险承担倾向等方面的独特人格心理特质，挖掘成功创业者所具有的品质或特质，其基本判断是创业成功与否取决于创业者的个性特质甚至是天赋。Gartner（1988）在系统总结创业特质论研究成果的基础上，认为关注创业者特质的研究没有出路，提出创业研究应关注创业者行为并挖掘创业过程规律的主张。此后，创业研究开始从关注创业者特质转向关注创业过程，从将创业视为随机性偶然事件转变为可以管理并且需要管理的系统性活动过程，极大地推动了创业研究的进步。创业研究更加关注组织、过程、行为等问题，创业活动有其内在规律并可以被管理的思想成为主流。管理理论突破了长期以现存企业特别是大企业为研究对象、旨在帮助企业实现扩张和发展的研究框架，开始关注企业生命周期前端的活动，从创业活动中挖掘企业竞争优势的来源，极大地丰富和拓展了管理研究的范畴。

其次，创业行为特殊性和内在规律的研究取得显著进展。研究发现，创业者在意图形成、机会发现、机会开发等创业过程中体现出某些独特的行为特征，这些行为特征有助于我们深入了解创业行为和新企业的生成过程。在这里，特别值得关注的是弗吉尼亚大学副教授、诺贝尔经济学奖得主赫伯特·西蒙教授的学生 Saras Sarasvathy 博士在 20 世纪末针对创业行为提出的手段导向理性理论（Effectuation theory）。该理性的决策原则体现在：（1）基于可承受的损失（Affordable loss）而不是预期回报（Expected returns）进行决策；（2）强调与建立战略伙伴关系而不是进行竞争分析；（3）利用而不是规避偶然事件。之后，她不断提炼二者的区别，形成较为系统的观点。Sarasvathy 博士的理论观点可能会成为创业研究领域最主要的理论贡献，该理论观点对管理学教材长期讲授的"目标设定——计划——组织——实施——控制"流程形成了巨大的挑战。

第三，提炼出创业导向的基本维度。创业导向（Entrepreneurial Orientation），是对创业精神、创业型组织等相关研究的提炼，公司创业导向来源于战略研究学者对战略决策模式的研究，战略决策可以由不同的维度构成，不同的战略决策维度又构成了不同的战略决策模式，如适应型、计划型和创业型等。创业导向概念的提出引起了学者的极大关注，是国内在创业领域研究最为深入的问题之一，大家结合不同国家的实际情况尝试提炼创业导向的基本维度，围绕创业导向与企业绩效关系开展实证研究，共同认识到由创新（Innovation）、超前行动（Proactiveness）、风险承担（Risk-taking）等维度所构成的创业导向在当今竞争激烈的环境下对提升企业绩效和竞争力所起到的积极作用，为管理职能和手段的创业化（如 Entrepreneurial strategy, Entrepreneurial marketing, Entrepreneurial organization, Entrepreneurial leadership 等）提供了理论基础。创业导向的研究吸收了创业研究的成果，也把创业研究成果积极推广到大公司和组织日常管理工作中，使得创业研究不仅在学术层面融入主流管理领域，也融入了主流管理实践中。积极开展组织和管理变革，追求创新、灵活性、承担风险、以及快速反应能力，管理职能和手段的创业化、公司创业实践等可能是信息社会管理模式的主要体现形式。

策划出版创业管理著作系列的目的

上述分析可以看出，创业研究作为管理学界的一个重要研究领域将得到更好的发展。在这样的背景下，经过与南开大学出版社经济管理类编辑胡晓清先生多次讨论交流，决定策划出版创业管理著作系列，目的在于：

（1）**推动和深化创业研究**。从最近的研究情况看，有理由相信沿着已经取得的成果，创业研究必将在创业决策、创业行为等领域丰富管理学知识，并进一步做出学术贡献。出版学术界特别是国内学者创业研究方面的最新研究成果，将有助于推动和深化我国的创业研究工作。

（2）**挖掘创业研究贡献**。在我国，改革开放与经济转轨使长期被约束的创业潜能得以释放，但发展并不平稳，创业者的创业活动经历了投机性机会的驱动，因制度环境的制约而选择戴"红帽子"、偏重短期行为、模仿性竞争、注重关系等，因此，研究我国的创业活动，关注"创业形态是否因制度环境的不同而不同"、"我国创业机会是如何变迁以及在机会变迁情况下的创业形态如何变化"、"哪些特殊的制度因素决定中国转型经济条件下的创业、创业的成功及其失败"等问题，必将有助于丰富创业理论，推动理论创新。近年来，国内学者在创业研究方面越来越关注我国创业的独特情境问题，取得了一些高质量的研究成果，已引起国外的重视，不少专业性杂志专门出版中国创业专刊。出版创业管理著作系列，有助于总结和提炼创业研究的学术贡献。

（3）**促进学术研究成果的实践应用**。学术研究需要追求创新和学术贡献，也需要把学术贡献运用于实践中，这在国内鼓励创业、强调以创业带动就业、全面推动创业教育的大环境下，则显得尤为重要。学术界在这方面承担着不可推卸的责任。另外，创业研究不单纯是为了解释创业行为的内在规律，其更重要的意义在于挖掘竞争优势的深层次来源，将创业精神与技能运用于既有企业包括大公司的管理实践中。这些年来，公司创业、社会创业实践越来越丰富，已经取得了很好的效果。出版创业管理著作系列，必将有助于促进学术研究成果的推广应用。

创业管理著作系列的组成

创业管理著作系列在选题方面将是开放的，我们初步计划关注以下几方面的选题。首先是学科基础方面的选题，这方面的选题侧重于创业研究的平台建设。此次，我们从创业案例研讨会（2008 年 9 月，南开大学）的论文中评选部分优秀研究型案例出版，以及编写出版《创业研究经典文献述评》就属于此类。我们希望出版研究型案例有助于推动创业领域的质性研究，《创业研究经典文献述评》有助于关心和从事创业研究的朋友把握创业研究的主流观点，挖掘深层次的研究问题。其次是国内学者特别是年轻学者的最新研究成果。这方面的成果主要是优秀的博士学位论文和各类基金课题的研究成果。此次出版的《新创企业的企业家》和《创业导向、公司创业与价值创造》两本著作属于此类。第三是创业管理方面的教材和通俗性的读物，这方面的著作将更加注重面向创业教育和实践。第四是介绍国外最新研究成果的著作。

我们坚信创业管理著作系列的出版能够为推动国内创业研究的发展做出贡献，希望广大读者关心该著作系列，也为该著作系列推荐优秀的著作，以期更好地研究创业，更好地服务于创业实践。

目 录

0

导　言

0.1　企业家时代的到来

　　市场经济最显著的特征之一是作为市场基本单元的企业在不断地演化——诞生、成长、成熟、扩张或者消亡。经济体系正是在这种动态过程中得到发展。显然，不断有新的企业创立是市场经济得以持续发展的基本条件之一。在目前中国改革的攻坚阶段，解决就业问题需要在市场经济的框架下提出思路，鼓励自我就业（Self-employment）、鼓励通过创业来吸纳更多的劳动力已经成为一种必然。因此，由个人（而非国家）作为风险承担主体的真正意义上的创业活动（特别是高技术企业的创业）推动整个中国经济的发展和结构的优化，进而推动改革的进程。创业在经济发展中的作用直到 20 世纪 80 年代才被普遍接受，社会各界对创业的认同逐渐提高。自此以后，创业一直被认为是经济发展的重要组成部分，大企业在国民经济中的主导作用仍很重要，但是创业的浪潮席卷国民经济的各个行业，甚至在那些垄断行业也出现了一些新面孔。

　　另外一个方面，近乎同期，随着技术的飞速进展以及全球化的加强，经济增长的范式发生了改变。大多数国家自我创业率上升，企业家的地位在提升，许多行业技术创新型企业走在技术变革的前列；产业结构不断趋于专业化、外包化、分散化管理及生产（Drucker, 2006），对于企业（创业）而言，意味着新机会的来临，意味着其作用的上升；收入的增加导致需求的多样化，创新和小企业成为新的专业化产品的主要供应者；各国产业结构的调整具有异质性的特点，那些倾向于培育企业家精神的国家，其政策和体制趋向于培育更柔性的产业结构（Thurik, 2001）。因此，增长范式发生着从管理型经济向创业型经济的转变。研究者对上述范式改变背后的原因感兴趣，其中一个重要的趋势是全面深入地考察企业家在企业创立和发展中的含义（肖建忠，唐艳艳，2004）。在中国，向市场经济的转变促进了企业家阶层的迅速发展，关于企业家阶层的讨论更加活跃。

0.2 创业研究与企业理论的脱节

企业家精神一词是英文"Entrepreneurship"的英文译名（在管理学中被译为创业精神）。企业家精神的核心是企业家（Entrepreneur）。企业家理论源远流长，但是对企业家精神给予一个完整的定义是很困难的。

简要回顾一下早期有关创业的研究成果，例如，奈特认为（Knight，1921），企业家精神是敢于冒险的创业精神，风险在经济体系中与收益伴生，企业家的作用就是面临风险时如何规避。不确定性造成四个方面的趋势促使人们将其职业专门化：

（1）按照知识的类型和判断能力来选择相应的职业；

（2）按照预见的能力进行类似的选择；

（3）在生产人员中选择具有管理能力的人才置于控制整个集团和指挥他人工作的地位；

（4）对自己的判断力有自信心并敢于承担行动后果的人专门去冒险。

在此我们不得不提到熊彼特，他认为企业家是创新的主体，企业家就是创新的人，企业家经过创造性的破坏推动经济发展。熊彼特指出，企业家精神通过以下五个新的综合来与经济发展联系在一起：

（1）引进新的产品；

（2）引进新的生产方法；

（3）开拓新的市场；

（4）开辟生产资料或半成品的新的供应渠道；

（5）形成产品的一个新的组织（Schumpeter，1934）。

而柯兹纳（Kirzner，1973）强调的是企业家精神在竞争市场过程中的作用，企业家的作用是发现对交易双方都有利的交易机会，并作为中间人参与其中，发挥推动市场过程的作用。格兰希和麦基德曾经归纳企业家精神的几种定义，诸如企业家精神是一种生产函数、不确定性的承担者，或者说是一种特殊的行为，企业家内在的本性，新组织的创造等等（Glancey，2000）。

从狭义的角度说，企业家精神与个人的创业活动有关，是个人外在的能力和意志，针对现有的条件创造新的市场机会（Hebert，1989；Lumpkin，1996 等）。在这一点上，Hebert（1989）认为企业家精神本质上属于个人的行为特征。他同时指出，企业家不是一种职业，企业家只有在其职业生涯的特定阶段或者进行特定活动时才表现出企业家精神特质。

从广义角度说，企业家精神不仅仅指个人创业，大企业中具有创业精神的个人（即内部创业者）也会带来创新性的变革，小而扁平的组织部门可能直接导致独立企业的产生。

从创业的上述定义和描述中，我们可以发现几个重要的研究主题：

（1）企业家的作用非常重要。毫无疑问，如果没有一位愿意去做一名企业家要做的事情的人，就不会有创业。因为，企业家是创业行动中的关键要素，没有企业家就不会有创业。在后面的部分，我们将讨论谁将成为企业家。

（2）第二个主题是创建新的组织。组织创建是什么？它与创业有什么关系？为了寻求已感知到的市场机会，为了去创造价值，创业者必须具备有组织的努力和行动。必须有人挑头来做一些事情，采取行动让创业型企业建立并运行起来。在后面的研究中我们还将讨论为什么企业家需要创建一个企业。

（3）第三个主题是创业的过程。通过企业家的创业活动，新产品、服务、交易、资源、技术和市场被创造出来，从而对一个社区或市场贡献一定的价值。在这个过程中，环境是变化的，企业家对于环境是调适的。

企业家是否需要一个企业来实现其职能？企业到底是由企业家还是由职业经理人掌控？经济学家从 18 世纪就已经开始思考诸如此类的问题。在最近的 30 年间，有关企业理论的研究是微观经济学中最具有亮点的研究领域之一，但令人惊奇的是，在此过程中上述问题很少被提及，现代企业理论有意无意地忽视了企业家（精神）。

主流经济理论与企业家之间的"错位"具有主流经济学发展的自身逻辑特点。在 20 世纪 30 年代的新古典企业理论中，企业被看作一个"黑箱"，它将市场上的各种生产要素组合起来，企业家在其中基本上"消失"了。直到 20 世纪 80 年代兴起的博弈论和信息经济学让企业理论"重新改写"，这种新古典经济学逐渐"硬化"的过程包含了企业理论的主流化，留给创业理论的空间非常狭小，Baumol（1993）称之为"萦绕在经济模型上的幽灵"。Williamson（1985，1996）和 Hart（1995）关于企业家的理论成为打破这种"错位"的有益尝试。

总的说来，人们对企业起源的探讨，都是从各自不同的角度出发来揭示其中的某一侧面,在揭示企业某一方面的同时,也疏漏了企业其他更为重要的性质。正如哈特(1995)所言,"经济学家从各个角度去理解和解释这一问题,但至今为止没有共同的、明确的答案"(转自贾良定,2001)。另外,现有的企业理论建立在成熟企业的基础上,尤其以业主制企业和公司制企业(或者是上市公司)作为研究背景,缺乏对初创阶段的研究。

归纳起来,理论界对企业家创业的研究有以下几个问题:

(1)在理论界,关于企业家的讨论从来没有间断过,也从来没有人否认过企业家在经济发展过程中的重要性。但是对于什么是企业家,以及企业家活动到底包括哪些内容,经济学上还远远没能达成较为一致的认识。

(2)市场日趋完善,分工趋于发达,不少企业经营者与出资者融为一体,这种发展是"在原先基础上进行了新的交易和谈判,然后达成一种新的契约的结果"(刘小玄,1996)。新的契约结构不是传统的"资本强权观"或者"股东偏好观"能够解释的。

(3)纵观近30年的企业理论,我们发现自从"专用性投资"概念被引入之后,这一概念就越来越成为主流理论的一个核心变量,道德风险问题也就成为企业理论研究的中心问题。与此相关,研究的焦点也就集中在如何最优配置财产权上,如何实现对内部人实行最有效的控制,以及利益相关者的共同治理理论。不可否认,这些研究具有重要意义,但是该分析框架却难以让人满意。它们往往抽象地站在一个角度(例如社会、企业或投资者)研究最优契约安排,然而却并不研究契约本身所承载的交易内容及其现实条件。

(4)在创业成为一股热潮的时代,企业更加成为企业家活动所创造的组织。现在的问题不是科斯所研究的"企业为什么存在的问题",而是"人(企业家)为什么要设立企业"?对此,张军(2001)提出,企业家或企业家精神不是企业可以在市场上真正买到的东西,因为如果有一个企业家的市场,这个市场最多是一个"次品市场",也就是说,企业家不是可以通过市场来选择的,相反,因为市场无法甄别企业家和企业家才能,所以,成为企业家是企业家自己甄别的结果,是企业家对自己的选择(self-selection),即创办和拥有自己的企业,通过创办企业,企业家才真正成为企业家,实现了"自我甄别"。但是,他的理论也是浅尝辄止,在企业的"自我甄别"机制下,企业的内部权力关系是如何构建的呢?这类问题少有研究。

(5)主流企业理论过分依赖规范分析方法,忽视了对企业实际的形成过程和运行规律的考察,因此我们主张以实证分析方法去解剖企业的创业过程。

目前国内外的研究者已经注意到这些问题，例如杨其静（2005）认为企业家作为企业之母，是企业组织和制度的设计师，是企业家将各种企业要素整合在一起；李垣等（2002）以企业家资源的配置、使用过程为主线，分析这一过程中的基本因素及其作用机理，对企业家机制与当前我国改革的关系加以分析，提出了企业家契约治理的组合模式；Bhide（2004）基于案例的管理学研究尝试，朱卫平（2004）的企业家本位论等，为本研究提供了一定的借鉴。

总之，在创业阶段，企业家创办企业的具体努力与企业理论研究的核心问题之间存在大量的脱节现象。目前用来构建创业研究的仅仅是一些特征，如小企业或新创企业，或者经济理论的研究与经验脱离开来，而没有一个普遍的理论框架。因此，本研究力图在两者之间建立沟通融合的桥梁。

0.3 研究框架：三级模式

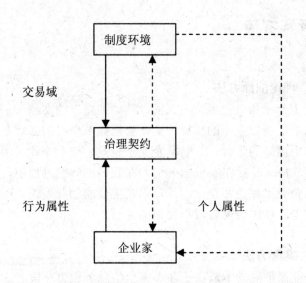

图 0-1 本书研究的框架

如图 0-1 所示，我们首先考虑制度环境对企业家个人行为的影响。制度环境的变化被视为位移参数，其变化导致市场、组织和交易的变化。治理契约介于制度环境和企业家之间，主要指创业企业家和主要利益相关者之间的契约关系。

新制度经济学中的关于代理人的关键假设是有限理性的个人属性和机会主义的行为属性。如果代理人是完全理性的，则任何期望达成的交易都能通过合理的契约加以保障。显然，这一点是不合适的。如果不存在机会主义，交易双方通过承诺、相互适应就可以达到协调的目的。因此，有限理性和机会主义的结合凸显治理契约选择的重要性。

在上述框架下，我们的分析逻辑围绕以下问题展开：

（1）在创业理论那里企业的作用是什么？

（2）在企业理论那里企业家（创业家）的作用是什么？

（3）企业家为什么要创办企业？

（4）企业家为什么需要企业？

（5）作为创业企业家和成熟企业家有没有区别？如果有，体现在哪些方面？

研究如果能够建立起比较坚实的理论基石，回答了新创企业的性质和边界等问题后，余下来解决的主要环节才是企业家如何组织企业，企业家如何融资，企业家如何治理企业。

0.4 研究方法

1. 理论演绎方法

在企业家和企业理论研究的"浩如烟海"的文献中，要在两者之间建立起基于新创企业的桥梁，关键要把握两个目的，一是以非均衡分析方法作为论述的平台；一是从企业家出发，结合企业（组织）的本质展开研究（Moran & Ghoshal，1996）。在我们的研究过程中，我们必须梳理主要的企业家理论和企业理论，以及主要的创业理论，围绕上面提到的五大问题，找出研究要取得突破的方面。

2. 案例方法

企业家创业的本质在于在不完全信息下做出决策。这种决策依据的是决策者的个人判断，这种判断或者来自于他的个人经验、知识，或者来自于一时的直觉。在具体作出决策的过程中，由于他没有相关事件的客观概率分布，因此他实际上是在选择或创造出一个事件的主观概率分布，然后依据这一分布做出"不完全"的决策。由此可见，企业家的行为充满着个性特征，当不同的决策者面临同样的境况时，可能做出不同的决策。

举一个简单的例子。假设在某个技术领域发明出一种新产品，有关该产品的市场需求信息是不完全的。对于该产品的投资前景，有的企业家可能会认为，未来市场需求情况很乐观，可以收回投资获得利润；而另外一些企业家可能会认为，未来市场需求情况不乐观，投资肯定失败。在这里，他们的事前决策依据是自己制造出来的一个关于未来市场需求情况的主观概率分布，不同的企业家将会有不同的判断和决策，而事后投资成功与否由企业家个人判断与真实情况的吻合情况决定。但假如关于未来市场需求情况的信息是完全的（或者有一个准确的客观概率分布），那么企业家就没有存在的必要，投资决策将由一部电脑完成，期望利润大于零的投资将会被电脑选中。

从这个例子中可以看出，企业家个体之所以重要，是因为经济中的大多数活动都与不完全信息有关。当企业家面临与自己（或别人）以前曾经碰到过的情况相类似的境况时，根据自己以前的判断（或习惯或经验）作出"不完全"的决策，进行这种"不完全"决策的原因主要在于节约成本（搜寻信息、分析信息、做出判断等成本）。另一种情况，当企业家面临此前从来没碰到过的境况时，根据自己的直觉、敏锐力、意识等主观判断作出不确定性的决策。两种决策活动都是"不完全"的，都有很强的"个人色彩"。

因此，本文的研究采取案例方法，期望了解新创企业在信息高度不确定的情况下，企业家是如何决策的。研究的访谈个案均属于知识密集的新技术行业，选择新技术行业的原因有二：第一，该行业具有技术专业性、复杂性与环境变动大的特性；第二，该行业创业活动比较兴盛，有一定的代表性。

调查新创企业总数共 17 家，主要分布在高科技行业（参见表 0-1），包括软件、信息技术、机械制造、创意创业等。访谈进行了两轮，第一轮在 2005 年 8 月，第二轮在 2007 年 8 月。跟踪访谈的方法能够更深入地反映企业在创业过程中的变化和调整。

数据搜集完成之后我们就进入资料分析的过程。在数据分析之前，我们先将访谈的录音内容转为访问稿，重复的阅读这些访问稿，再针对每个访谈对象撰写企业个案。这些初步的工作让我们对于每一家案例有了比较完整的认识。

3. 问卷调查方法

研究中小企业在国外有程序化的做法，但是这些方法不能直接应用在国内，因为以信函或电话调查的方式在中国目前的环境下一般不能获得令人满意的信息反馈，因此，课题组采取的是利用个人社会关系与政府部门联合调查相结合的方式，这种方式后来被证明是有效的。

表 0-1 个案企业基本情况表

案例编号	行业	创业时间	创业资金	创业团队	公司性质
PD 1	软件	2003	-	4 人	有限责任公司
PD 2	机械制造	2005.5	-	3 人	私营企业
PD 3	传媒技术	2005.5	-	2 人	有限责任公司
PD 4	IT 培训	2004.6	-	4 人	有限责任公司
PD 5	网络服务	2004.3	-	否	有限责任公司
PD 6	软件	2003	50 万	4 人	有限责任公司
PD 7	通讯	2002.12	-	4 人	有限责任公司
PD 8	电子政务/商务咨询	2003	20 万	3 人	有限责任公司
PD 9	生物制药	2003	1000 万	3 人	有限责任公司
PD 10	光电子	2004	50 万	无	有限责任公司
PD 11	光通信	2001	1000 万	无	有限责任公司
PD 12	贸易	2003	100 万	2 人	有限责任公司
PD 13	生产服务	2004	200 万	7 人	有限责任公司
PD 14	制造业	2003.8	7.86 万美元	4（初期 3 人）	外商投资企业
PD 15	创意产业	2003.2	10 万	2	有限责任公司
PD 16	IT	2004	50 万	2	有限责任公司
PD 17	新能源	2004.9	150 万	5～6（股东 2 人）	有限责任公司

注：PD 代表企业注册地上海浦东新区，阿拉伯数字表示访谈的顺序。

问卷调查有两次：

（1）2002 年对湖北省 10 个典型城市中小企业发展的支持因素和对地方经济发展的贡献方面的研究。在这次调查中，我们主要依据员工规模 250 人以下来抽样。课题组联合湖北省统计局共发放问卷 750 份，回收问卷 600 份，回收率 80%；其中有效问卷 566 份，有效率 75.5%。调查的企业分布在农林牧副渔、采掘业、建筑业、制造业、批发零售、餐饮宾馆、电子产品和 IT、教育卫生服务等主要部门，具体样本情况参见表 0-2。

表 0-2　2002 年中小企业抽样调查的样本情况

	数量	比例（%）		数量	比例（%）
行业			所有制		
农林牧副渔	25	4.4	个体私营	208	36.7
采掘业	27	4.8	集体	135	23.9
建筑业	53	9.4	公司	205	36.2
制造业	233	41.2	合资	17	3.0
批发零售	117	20.7	存续年限		
餐饮宾馆	66	11.7	5 年以下	239	42.2
电子产品、IT	20	3.5	6 年至 10 年	107	18.9
教育卫生服务	25	4.4	11 年至 20 年	94	16.6
企业规模（以员工人数衡量）			21 年至 30 年	58	10.3
1—9	114	20.1	30 年以上	68	12.0
10—49	214	37.8			
50—249	237	41.9			

（2）2005 年 11 月到 2006 年 3 月间在成都、兰州和深圳进行的中小企业发展现状和政策支持体系的调查。

在每个城市中，小企业采用随机分层抽样调查的方式，对小企业的分类是以每个城市中的行业和地区划分为基础，目的在于使每个城市的抽样调查对象具有广泛的代表性。每个城市中抽样调查的对象的定义标准如表 0-3 中所示。在第二次抽样中，中小企业抽样的标准发生了变化，作这样改进的原因是既考虑了中国的实际情况，也结合了欧盟的标准。

表 0-3　2005 年中小企业抽样的标准

行业	员工（人）	资产（元）	收入（元）
工业	<300	<40,000,000	<30,000,000
建筑业	<600	<40,000,000	<30,000,000
零售业	<100		<30,000,000
批发业	<100		<10,000,000
餐饮、旅馆、饭店服务业	<400		<30,000,000
交通运输业	<500		<30,000,000

企业调查问卷都是由各城市的中小企业管理局发放的。在深圳，我们共向企业散发了 1300 份调查问卷，收到的反馈有 655 份，有效的问卷

为 501 份（有效率 38.5%）。在成都，企业反馈的比例接近了 75%。我们发放了 800 份调查问卷。实际收回了 605 份问卷，最后有效的调查问卷为 511 份。在兰州，企业对问卷调查进行反馈的比例为 68%。我们共发放了 750 份调查问卷。事实上，收回的调查问卷为 512 份。最后有效的反馈为 478 份（有效率为 64%）。

表 0-4　2005 年中小企业调查中的样本情况

	成都	兰州	深圳
制造业及建筑业	57%	50%	34%
批发零售业	11%	22%	15%
公用事业及交通	13%	12%	5%
社会服务	8%	1%	17%
农业	3%	4%	1%
其他	9%	11%	28%
样本合计（个）	512	478	501

注：深圳的其他样本中含有一定数量的高科技企业，占总数的 21%，反映了该地区的行业特性。

第1章

企业家理论：企业的作用

在本章中，我们将梳理那些同企业发生直接联系的企业家理论或创业理论，试图找出他们的主要贡献，总结这些理论是如何体现企业的作用的。

1.1 康替龙的"中介"企业家

"企业家"一词最早由理查德·康替龙在《商业性质概论》中提出（Cantillon, 1755）。

康替龙的观点可以看作法国重农学派的"前身"，他把社会划分为三个阶层，除君主和土地所有者以外的居民可分为两个阶层：企业家（Entrepreneur）和受雇者（Hired people）。居民是依靠土地所有者阶级维持生活和致富的。企业家阶层，是指在一国内所有交换和流通中起着"中介"作用的人，而他们的收入是"不确定"的。租地农场主是最主要的企业家，他们租用土地、雇用工人进行生产，然后将农产品（谷物）的1/3 作为地租交给土地所有者，1/3 用于补偿种子等生产费用和支付工资，余下的 1/3 是企业家的利润。随后实现农产品在各阶级间的流通和分配。就分配的量来看，土地所有者阶层的收入（地租）和受雇者（工资）是固定或者确定的，因为企业家按谷物的固定价格支付给他们，但对于企业家自己的收入（利润），由于存在谷物供求变化、价格波动等不可预测的情况，则是不确定的。此外，康替龙还推断，把农产品运到城市的商人、农产品的批发商和零售商、对农产品加工以及生产其他制造品的手工业者、工匠或手艺师傅等这些在交换和流动中起着中介作用的人，收入同样是不确定的，因而都属于企业家阶层。他们中有的"拥有资本能够独立营业"，有的"没有资本仅靠自身劳动为生"。

康替龙实际上肯定了企业家在财富生产中的重要地位，但是他把企业家界定为不确定性的承担者、冒险者，则是把握到了企业家最普遍的特点，并为后来的经济学家所沿用。根据 Rothbard（1995）的说法，康替龙意义上的企业家是市场体系中的均衡因素，这一点不同于后来熊彼特的"创造性破坏"概念。

1.2 古典学派的企业家理论

古典学派的企业家理论的代表任务有马歇尔、莱宾斯坦等人。马歇尔作为一个折衷主义的经济学家，不仅对新古典主义革命进行了静态的综合，而且他还特别强调了对均衡的实现过程进行具体阐述才是经济学的中心课题。在马歇尔看来，应在动态经济过程中定义企业家和研究企业家行为。

马歇尔认为，企业家才能是经济的第四个要素，企业家实际上发挥的是中间人或商人的作用，发现和消除市场不均衡。作为生产要素的卖方和产品买方之间的中间人，企业家"'冒着'或'承担'营业的风险，把事业所需的资本和劳动力收集和结合起来，做出完整的一般计划，并对事业的细枝末节部分进行监督。从一方面看，企业家是一个具有高度技能的职业阶层；而从另一方面看，也可以把企业家看作是介于体力劳动者和消费者之间的中间人"（马歇尔，1890）。

在这种情况下，企业家指的是制造商。作为商人的企业家，以市场交易为途径，承担起使各种商品最终转到最需要的需求者手中的作用，这里的企业家指的商业中的批发商和零售商。作为金融中间人的企业家，是专门经营和提供资本的商人，他们根据自己的判断把受托的资本贷给他们认为有能力、可以信赖的制造商或其他人，承担资本固定化所带来的风险。

莱宾斯坦提出了 X-效率理论，指出新古典经济学厂商理论的假设的错误，即厂商根据一致性的生产函数及成本函数进行生产，厂商总是在既定投入产出水平下实现产量极大化和成本极小化的假设是不现实的（弗朗茨，1993）。基于 X-效率理论，生产活动不是一种机械的技术决定关系，它依赖于企业全体成员的心理和生理活动，依赖于他们的努力程度。由于企业劳动合同的不完善，企业主和雇员利益是不一致的，个人的行为具有惰性特征，以及市场结构具有垄断特征等原因，不仅会造成低配置效率，而且会使企业缺乏追求效率的动机，因而企业中大量存在 X-效率。因此，企业家存在的理由在于克服组织中的 X-效率，企业家就是避免别人或他们所属的组织易于出现的低效率,从而取得成功的人。

莱宾斯坦对企业家的界定和马歇尔相似,有着共同的理论假设前提,即现实经济中存在着被隐藏起来的和没有得到清晰解释的获利机会,发现和开发这些获利机会需要具备强烈个性特征的企业家付出努力。

1.3 奥地利学派的"套利"企业家

奥地利学派以柯兹纳(Kirzner)为代表。柯兹纳认为经济学应该重新关注企业家在市场过程中的作用(Kirzner, 1973)。在柯兹纳那里,企业家精神是所有人类行为的一个方面,而并不仅仅是生意人或冒险商人的特殊技能。就我们都具有有目的的行动的能力这一点而言,我们所有人都是企业家。企业家是"对变化着的环境或被其他人忽视的机会保持敏感机警(Alertness)的人"。市场上存在着大量的低买高卖的机会,企业家从事市场交易或套利的活动使得市场从不均衡状态到均衡状态。后来 Kirzner(1985)进一步指出,企业家不仅对那些现有条件下未被开发的机会保持机警,也对那些根据未来条件创造的机会保持机警。企业家通过套利和投机对错误进行修正,其市场过程表现为各种各样分立的个人追逐利润的活动。在这里,个人的效用和生产函数不可能独立于评价主体而存在其之外。正是在企业家追求利润的活动中,才能生成市场参与者协调其计划所必须的知识。企业家是某种代理人,能刺激社会利用现有的零碎的、分立的知识,使社会不断接近于在现有技术知识条件下最充分地利用现有资源。与此同时,企业家和企业活动不仅能刺激社会不断地意识到更好地利用现有资源的办法,企业家的机敏还能产生出新的技术知识,发现全新的资源形态。

后来 Holcombe(1998),Newman(1994)等人将柯兹纳的观点予以拓展。例如 Banerjee 和 Newman(1994)发展了一个模型,认为个人的职业选择取决于由资本市场不完善所导致的财富的扩散,贫穷的代理人不得不为富足的代理人工作成为企业家。在 Holcombe(1998)建立的扩展模型中,利润机会从其他企业家的远见中产生,企业家创造了变革,变革又为企业家带来更多的机会。

1.4 德国学派的"创新"企业家

德国学派以熊彼特和鲍莫尔为代表,将企业家视为创新者,企业家的发明与创新是长期经济周期背后的驱动力。熊彼特认为，企业家"创造性破坏"行为背后有着特殊的心理倾向。它完全不同于享乐主义所理解的效用最大化心理（熊彼特，1934）。企业家的心理倾向是：

（1）"存在一种梦想和意志，要去找到一个私人王国"，即追求"工业上或商业上的成功"，寻找"权力和独立的感觉"；

（2）"存在征服的意志，战斗的冲动，证明自己比别人优越的冲动，求得成功不是为了成功的果实，而是为了成功的本身"；

（3）"存在创造的欢乐，把事情办成的欢乐，或者只是施展个人的能力和智慧的欢乐。这种类型的人寻找困难，为改变而改变，以冒险为乐事。这类动机是最明显的反享乐主义的。"

由于企业家这种充满活力、不安于现状的心理是非普遍的，从而决定了企业家是一种稀缺资源。

德国学派的核心是在理性行为和利润最大化的前提下，追求与均衡模型和静态分析相一致的正统体系。需要指出的是，德国学派认为，企业家是否有利于经济增长必须根据其社会生产效率的特征严格区分。这一点，鲍莫尔（Baumol，1990）的经典论文把企业家的活动分为生产性和非生产性的两种，认为企业家的供给在社会各阶层中是非均衡的，既有生产性的、效率性的生产活动，例如技术创新；也有非生产性的企业家活动，例如寻租和非法组织，企业家供给的相应配置与社会对这些活动的报酬有关，古罗马、中国、文艺复兴时的欧洲可以支撑上述假说。

后来的新熊彼特主义进一步研究企业家对新产品的开发。新产品包括产品种类增加和产品质量改进，两者的研究结论没有太大的差别。由于新产品新技术的出现使得质量好的产品会替代质量低的产品，这也使熊彼特的创新思想得以复苏。受 Dixit 和 Stigliz（1977）研究的启发，Aghion 和 Howitt（1992）的模型遵循从中间品的品种增加到质量提高的研究路径，进一步解释了企业家"创造性毁灭"的概念，既包括现在的 R&D 对将来的 R&D 正的外部性，又包括新产品对旧产品负的外部性，即"替代效应"，后者妨碍了企业家进一步地创新。

1.5 芝加哥学派的"承担风险"企业家

奈特在其经典著作《风险、不确定性与利润》（1921）中，首次区分了不确定性与风险。

在奈特看来，只有准确理解和恰当把握不确定性，才有获得利润的机会，而企业的本质就在于通过把握不确定性获得利润。具体来说，企业的出现与人们对于不确定性的态度有关。有部分人对于自己的判断能力和控制他人的能力比较自信，敢于承担风险，而另一些人恰恰相反。那么，这样的两类人可以达成互助的协议：敢于冒险的人通过保证胆小的人有一定的收入以换取对剩余收入的所有权。前者成为企业家，后者成为工人。进而，企业家承担了剩余收入的不确定，也获得对工人的控制权。与此同时，那些获得固定收入的工人在企业家的指挥下进行生产，这种以保险与被保险、指挥与被指挥为特征的契约形式就是企业。可见，在奈特那里，企业是作为风险分担的设置而产生的。

奈特特别强调作为企业家处理不确定性的能力。在企业的生产经营中，产品的质量、数量和价格在未来都是不确定的。企业要经营，需要有人来承担这种风险。因此，他认为企业家在决定"生产什么"和"如何生产"的过程中本身就存在着不确定性。而降低这种不确定性的方法有两种：集团化方法和专业化方法。由此，企业家职能从完全集中和固定在一个人身上，转变成由多个人进行分担，在所有者和雇员之间分摊风险，将这种不确定性降低。大规模生产、企业组织高度化和分工体制深化，都必须通过企业家职能的专业化才能实现，不确定性也由于企业家职能的作用而缩小了。

总之，奈特的理论表明：不确定性带来了获得利润的机会，企业家的本质就是通过把握不确定性来获得利润。企业家的出现与不确定性有关，其作用在于承担经营风险。企业家对不确定性的把握，实际上就是对市场未来形式的判断和推测。

继奈特（1921）把企业家视为勇于承担风险的勇士以后，芝加哥学派把企业家放在新古典的框架中加以分析。在芝加哥学派的观点中，许多重要的创新是由个人完成的，而不是企业。在他们的分析中，均衡可以自动获得，并且由看不见的手引导市场走向均衡。Iyigun 和 Owen（1999）的模型着重分析了风险的原理，区分了两种人力资本，即创业型和经理型。前者比后者要承担更大的风险，它通过工作经历积累人力资本，而经理型通过教育积累人力资本。模型表明，随着技术的进步，个人倾向于通过职业培训积累资本，直到达到时间上的相对平衡状态。因此，创业者在中等收入国家发挥更大的作用，而经理人在发达国家收入相对较高。

Kihlstrom 和 Laffont（1979）、Glancey 和 Mcquaid（2000）等人将奈特的风险理论引入熊彼特的传统理论，在他们的"企业家经济"模型中，代理人对市场机会的反应都是敏感的，不同的是对市场机会的风险评价或偏好。这样，个人的创业过程和技术选择成为模型的内生因素，个人决定是否继续在原有企业工作，还是建立一个新的企业。个人成为企业家后雇佣工人并选择生产技术。模型中的个人由于风险的不确定同样具有异质性，这种异质性决定了均衡状态中所采用的技术，决定了采用不同技术水平的企业数量，决定了厂商的不同形式——是开拓、是传统还是保守（由企业家和工人的风险态度所决定），以及采用不同技术的厂商报酬。在模型中，改变与给定技术相应的风险程度，得出的均衡结果也不一样。模型还提供了一个成功创新者收益呈 S 形扩散的一般解释。最初，当产业很新、风险很高时，创业者和工人是风险偏好型的，收益的扩散被用于防止工人自行创业而停滞，然而一旦有关新技术的信息被行业所掌握，工人希望到新的行业工作，这时，潜在工人数量增加，均衡收益下降。

1.6 卡森的"决策"企业家

卡森（Casson，1982）针对新古典主义把决策都归结为根据价格体系提供的公共信息进行边际计算的观点，在综合各种企业家理论的基础上，引入了"企业家决策"这一概念，把企业家定义为对稀缺资源的协调做出判断性决策的人。

卡森的理论有两个基本假设：

（1）假定信息的收集和交流有成本，一般人群在获取信息的途径和对信息的认知上存在着差异，其中，企业家拥有更多的信息，从而使得企业家在其自身的活动空间中对外部信息冲击（shock）作出与众不同的"感受"和认识，影响资源配置状况和效率。

（2）信息获取有成本。信息成本主要指时间成本。企业家在一个群体中通过发挥领袖的功能，形成一种文化（或精神）来控制和影响其他跟随者的偏好，使其相互信赖，降低信息交流成本。

在这两个行为假设下，卡森将企业家定义为专门就稀缺资源的协调作出判断性决策的人。企业是企业家拥有资源的集合器。企业家是根据"自己的意愿"作出决策的个人，或者说是在决策能力上具有比较优势的专家。企业家作为中介者，从事的资源再配置活动实质上是不断地提供"创建市场"（Market-making）的服务（Casson，1997），这个市场将信息的供给方和潜在的需求方结合在一起。在某些情况下——例如产品创新——该市场可能是新生的，从前并不存在；在其他情况下——例如建立新的销售点——市场是已有的，只是扩展到新的地点。因此，在卡森这里，"创建市场"的企业家比奥地利学派的企业家更具有破坏性（Subversive）。我们已经知道奥地利学派认为企业家推动经济由非均衡走向均衡，企业家的活动脱离不了投机和套利，这类活动也离不开现有的市场。

卡森的理论把企业家视为信息管理者（Information Manager），企业家比其他人更加乐观，为了说服出资人，提高他们的乐观程度，比较实际的办法是信息共享。有的人对共享的信息是认可的话，那么他们会接受企业家的出价，但是大多数情况下，企业家面对的是质疑，如何解决这样的困境。卡森又回到"声誉"模型上，认为企业家需要的是诚实的声誉，如此才能充当中心签约人的角色（Casson，1999）。

尽管在模型的验证上还多少显得有些苍白，卡森的理论还是可以给与我们很多的启示：例如企业是企业家拥有资源的集合器，企业家依靠判断性决策来协调关键资源，充当中心签约人等。

1.7 管理学研究中的企业家

在管理学研究中，创业在新创一个事业或企业组织，但其背后所代表的，乃是人类发掘及利用机会之动机与能力，结合各种必须的资源条件使创业具有满足需要的价值。创业与守业有很多不同，因其行为具有较高的创新性（Innovativeness）、风险性（Risk-taking）与前瞻性（Proactiveness）。蒂蒙斯（Timmons, 1990）的观点具有代表性。他认为，企业家是由强烈的承诺与坚毅的性格所驱使的人，其看法较接近心理学层面。然而，彼得·杜拉克认为创业精神是一种行为，而非人格特质。在彼得·杜拉克那里，企业家被定义为开创崭新的小型企业的人。他认为，并不是每一个新的小型企业都是一种企业家行为或代表着创业精神，即使是开创新事业，但是如果创业者没有创造出一种新满足，也没有创造出新的消费者需求，这样的创业者显然不是企业家。例如，有人在郊区开一家熟食店，其所作的以前已被重复许多次，不能算是企业家。但是，麦当劳所展现出来的就是创业精神，因为麦当劳不但提供资源产出，而且开创了一个新市场和新顾客层级，这才是创业精神。

下表1-1归纳了自20世纪初以来贯穿整个世纪，在管理学中有关企业家的定义和特征的研究。

新创企业的企业家

表 1-1 企业家的定义、特征

时期	作者	定义	特征	定性方法	经验方法
1917	韦伯（Weber）	出身卑微，在冷酷的生活环境中成长，绝大多数是新教徒，既精打细算又敢想敢为，追求事业的成功	正式权威的来源、强烈的事业心、禁欲主义的生活观、倡导劳动致富	X	
1954	萨顿（Sutton）		承担责任，动机驱动	X	
1963	戴维斯（Davis）		野心、独立的渴望、责任、自信		X
1970	科林斯（Collins）、摩尔（Moore）	要把新的、独立企业的创办者和企业内实施创新活动的人区分开来，每一个人在建立新的组织时就成为企业家	父母的遗传、具有教育背景、以往的工作经历、社会态度		X
1978	蒂蒙斯（Timmons）	企业家是自信的、适度冒险的创造者	使人们在一无所有的基础上创造出有价值的东西来。不管人们手头有无资源或有什么样的资源，它是人们对机遇的一种执着追求。	X	X
1980	布鲁克豪斯（Brockhaus）	某项事业的主要拥有者和管理者，这项事业是独立的	风险承担者		X
1980	胡尔（Hull）、博斯尼（Bosley）	一个组织和管理某项事业的人，能够承担追求利润中的风险。还指那些购买或者继承某项事业并力求予以扩展的人。	投资于声望、社会地位、工作狂、内空、风险倾向、创造性、成就驱使		X
1987	麦克利兰（McClelland）		创新的、警觉的、成就导向的		X

时期	作者	定义	特征	定性方法	经验方法
1997	布兰德斯特（Brandstaitter）		独立、承担风险		X
2004	毕海德（Bhide）	新的企业创办者	识别机会、善于调整、风险防范、容忍模糊性、果断、开明、自制力		X
2004	蒂蒙斯（Timmons）		承诺、领导、机会识别、承受、创造、动力	X	X
2005	海斯里奇（Hisrich）	企业家是创造新价值的人，付出必须的时间和精力，承担可能的资金、心理和社会风险，从中获得必须的财富和个人满足	个人满足、独立、致富	X	X
2005	诺顿海文（Noorderhaven）		个体责任、努力		x

资料来源：作者整理。

表 1-1 仅仅是关于企业家定义和特征的研究中的"冰山一角"。归结起来，研究企业家（创业家）的角度可以分为三个层次（时鹏程、许磊，2006）：第一个层次是关注企业家的心理和行为特征，例如成就感和过去经历等；在此基础上是第二个层次，对个人创业特质的主观性研究扩展到对个体（主观层次）——环境（客观层次）互动的研究，例如谢恩（Shane，2003）的研究；第三个层次的研究是组织层次上的，着重点就在于研究企业家对于企业成长的贡献和作用，开始从企业家的个体特质转向组织特质。例如，索里摩斯在博士论文（Solymossy，2000）中，从四个方面对企业的环境进行了总结：环境的波动性、恶劣性、复杂性（技术复杂性）和宽容性，认为企业家个体、组织和环境都对企业的成长具有重要的影响。

最后，我们用表 1-2 归纳一下在企业家理论中企业的角色与定位。

表 1-2　在典型企业家理论中企业的定位

企业家理论	代表人物	企业的角色
企业家作为一个管理者	Walras，Clark	企业是企业家管理或者运营的资产（不是所有）
企业家具有创造力、想象力	Say，Mill，Shackle	企业是企业家签约的产物
企业家是创新者	Schumpeter, Baumol	企业独立于企业家之外存在
企业家是风险机警的	Clark, Kirzner	企业家没有拥有资产，与企业基本没有联系
企业家是领导者	Langlois, Witt	企业是企业家和雇员共同拥有建立的组织形式
企业家是决策者	Casson	企业是企业家拥有资源的集合器

　　在众多的企业家研究中，极少数理论和企业联结起来。在古典理论中，企业是一个"黑箱"，是企业家等生产要素投入生产过程的函数；在德国学派那里，高度强调了企业家创造性破坏的力量，（大、小）企业独立于企业家之外而存在；在管理者理论中，企业是企业家管理或者运营的资产，企业由投资人承担风险；在奥地利学派中，企业家是某种对机会保持机警的代理人，与企业基本没有联系。卡森的研究通过企业家的判断性决策和企业结合，企业是企业家拥有资源的集合器，以应对信息冲击。这种研究思路在创业领域无疑具有极大的推广价值。

第 2 章

企业理论：企业家的作用

在本章中，我们将梳理那些同企业家发生直接联系的企业理论，试图指出他们的主要贡献，总结这些理论是如何体现企业家的作用的。

2.1 新古典企业理论

在新古典经济学的框架中，所有的市场参与者都符合"经济人"的假设。即他们都是以利己为动机，力图以最小的经济代价去追逐和获得自身的最大的经济利益。其中，企业也只不过是一个在市场上从事专业化生产的追求利润最大化的经济人。保罗·萨缪尔森在他的《微观经济学》（2003）中是这样对企业进行定义的：

> 企业由专业化机构组成以管理生产过程。生产在企业里进行的原因在于效率通常要求大规模的生产、筹集巨额资金以及对正在进行的活动实行细致的管理与监督。

马歇尔在原有的古典经济学的三个生产要素上，又提出了第四个生产要素"企业家才能"。由此可见，企业家的作用已经被当时的经济学家们所重视。然而，新古典企业理论并没有完整地论述企业家的作用。

新古典企业理论有如下四个特点：（1）以业主——企业家模型作为分析的起点。在业主——企业家模型里，企业的所有权和管理权、企业的所有者和经营者是合为一体的。（2）假设理性的企业家是以企业利润最大化为唯一目标的，他们遵守边际收益等于边际成本。（3）生产要素购入合同和产品销售合同都是完备的。（4）市场的运行和企业的管理是没有成本的。这四个特点都由完全理性假设推导出来。

在新古典经济学框架内，企业只是一个生产函数而已，它描述的是在可行的技术条件下，各种投入组合所能生产的最高产量的一种函数关系。或者更确切地说，企业是一个追求利润最大化的经济组织，它受到三个条件的约束：

（1）由既定生产函数给出的技术约束；

（2）由既定的投入品、产出品价格给定的预算约束；

（3）由既定的需求函数给定的市场约束。

该企业模型背后隐含着人的完全理性和完备信息，市场完全竞争，交易成本为零等一系列假说。在这些假设的支持下，技术、价格、产值，尤其是企业中每个人对团队生产的边际贡献都是众所周知的，从而不存在对个人实际贡献的度量难题，谁也无法搭便车，谁也无法偷懒而不受到惩罚，企业内部不需要激励机制与约束机制。因而，代理问题及代理成本问题就根本无从产生，围绕企业家有关的制度安排也就无关紧要了。

新古典经济的模型以静态均衡模型为主，经济分析往往都是在寻找在一定条件下经济事务的变化最终趋于静止之点的均衡状态。而这种均衡是通过市场的自动调节和企业家根据市场的调整做出的及时反应达到的。此时，企业家作为企业的领导者，必须及时将市场的信息反馈到企业中，通过企业有效的行为来调节市场的供需矛盾，使资源达到最优化的配置。企业家的作用就是根据市场价格的引导，选定有市场发展空间的产品，确定产品的产量，按照投入产出原则力图使利润最大化。于是，企业家在静态的均衡模型中的作用就是对现存的资源进行有效的合理配置，发现和消除经济中的不均衡的现象，支持和推动市场均衡化的过程。

新古典经济学中的企业是资本家的企业。企业家在完全理性和利润最大化的假设条件下，利用最优决策理论进行经济分析，在此逻辑下，企业唯一的功能就是在给定的市场条件和技术条件下，对生产要素进行最优组合，实现利润最大化。企业的行为可以看作是为了使剩余收入最大化而对市场刺激所作的反应。"对于那些由所有者经营的企业，其目的当然是为了追求利润的最大化，而对于那些企业经理人经营的企业，企业的所有者（股东）可以采取激励性契约安排、解雇等多种手段促使或者迫使经理人以利润最大化为目标"（杨其静，2005）。由此可见，在新古典经济学的框架中，企业基本上是企业投资者或者股东（所有者）的代名词。

2.2 "科斯"企业理论

科斯在 20 世纪 30 年代对新古典主义的前提假设提出了质疑,把企业理论从传统价格理论中置于"黑箱"的状态中解脱出来。他认为,既然价格机制如此完美,企业就没有存在的理由。因此,"企业的本质特征是对价格机制的取代"(Coase, 1937)。因为价格机制的运行是有成本的,市场运行存在费用。企业之所以出现,正是通过管理协调来代替市场协调并降低价格成本的必然结果。换句话说,通过企业组织生产交易费用低于市场组织的交易费用,企业才得以产生,市场和企业是资源配置的两种可互相替代的手段。因此,企业的显著特征是作为价格机制的替代物,企业的边界或规模由交易费用来决定,当扩大规模时,企业内耗费的交易费用低于在市场上交易费用时,企业的边界则得以扩展,直到两者的交易费用相等时为止。科斯在交易成本的统一框架之内解释市场和企业的关系,并把二者看作由交易成本所决定的相互竞争和相互替代的两种制度安排。

在科斯那里,企业家是比较企业内部交易成本和外部交易成本的人。而且,搜寻价格、谈判和达成协议都需要花费成本,因此企业产生在以较低成本替代交易的地方。而市场活动是通过契约的形式来协调的。如果市场的交易成本低于企业的组织成本,企业就会通过规模的扩张来代替市场(即市场内部化),反之,则由市场决定生产。此时,企业家的作用就在于寻找市场交易成本与企业组织之间的均衡点,可见,企业家是完成市场内部化的组织者。但是,这种两分法存在的问题是,当研究者在谈企业和市场时,他们并不完全清楚市场的内涵到底指什么,或者是产品市场、或者是要素市场,其实这样的划分是不完全的,因为企业和市场之间的界限越来越模糊。

阿尔钦和德姆塞茨(1972)从资产专用性的角度探讨了企业的性质,由于人力资本的专用性程度较低,所以往往是物质资本雇用人力资本,一个普遍的结论是"企业由资本所有者拥有"。

威廉姆森(1979, 1981)将"不确定性、交易频率和资产专用性"概念引入企业性质问题的分析中[①]。他认为企业是一种交易模式,其目的是用以节约交易费用,将"资产专用性"及其相关的机会主义作为决定交易费用的主要因素。在此基础上,威廉姆森认为企业家就是组织创

---

① 参见 Williamson, Oliver, "Transaction-Cost Economics: The Governance of Contractual Relations," *Journal of Law and Economics*, 1979, 22, 233-261.

新的组织者。威廉姆森（1985，2002 年中译本）认为在不确定性、频率和资产专用性水平不高从而不能使交易退出市场的情况下，市场交易是比组织内交易更优越的默认形式。

张五常（1999，中译本）发展了科斯的企业理论，他认为企业不仅是节约交易费用的产物，而且也是一种市场关系，企业与市场只是两种契约安排的不同形式。企业并非为取代"市场"而设立，而仅仅是用"要素市场"取代"产品市场"，意味着"一种合约取代另一种合约"。

基于科斯和张五常的基本思想，杨小凯和黄有光（1999）建立了一个关于企业的一般均衡模型。企业是一种巧妙的交易方式，它可以把一些交易费用极高的活动卷入分工，同时又可以避免对这类活动的直接定价和直接交易。选择不存在于市场和企业之间，而在于自给经济、市场和企业之间。他们认为，企业作为促进劳动分工的一种形式，与自给经济相比，也许会使交易费用上升，但只要劳动分工经济收益的增加超过交易费用的增加，企业就会出现。他们进一步分析，在企业存在的情况下，所有权结构变得非常重要，因为不同的结构会导致不同的交易效率。

表 2-1　科斯及科斯后的企业理论

	以出资人为核心的企业理论	以企业家为核心的企业理论
企业的本质	以出资人为核心的一系列契约的集合	企业家自我定价的工具和手段（杨其静，2005）
企业的界限	企业是对市场的替代（Coase，1937；威廉姆森，1985）	企业拓展、开发并创造市场（Demsetz，1967）
企业剩余的分配	以消极货币为基础，是货币风险承担的回报（詹森和麦克林 Jensen & Meckling，1976）	以企业家能力为基础，是企业家能力的实现机制（杨其静，2005）

以上种种关于企业的论述不一而足，要在一段短文中归纳出一个杰出的研究领域的思想是困难的。总的说来，科斯及其后的企业理论强调了企业内部交易及节约交易费用相对于企业外部行为活动的重要意义。他们主张基于市场与企业的两分法，重点关注的是企业的各种"规则"，而不是企业的"生产"特性，忽视了对企业生产领域的关注和分析，导致企业（或其他经济组织）的决策机制、销售机制等不再以生产成本来区分异同，而仅仅以交易成本来区分（德姆赛茨，1999）。由于缺乏对企业经营过程的研究，也就很难深入全面解释现实企业的一系列重要现象。

2.3 能力企业理论

在能力企业理论那里，企业本质上是一个能力集合体。彭罗斯在《企业成长理论》中构建了一个动态的企业理论，把当事人的偏好结构、技术、知识状态和资源水平作为内生性因素，从而赋予企业理论更多的现实性。彭罗斯认为，企业是一个经营管理组织，同时又是生产性资源的集合体。前者是由企业内部经营管理人员根据特定生产目的或满足特定需要而形成的。由于"既定的经营管理方式构筑了一个除依靠其本身行动之外不能再扩大的管理组织体系，（经营管理人员组成一个团队），通过在企业内部的协作得到所谓的经验，可以向他们的组织活动提供特别有益的服务"（Penrose, 1959）。或者说，这种经营者服务在管理团队的协作经验中形成和发展，随着经验和知识的增长，部分经验和知识作为"未使用的能力"积累起来，因此，企业扩张的内部起因由此产生。而后者是由前者形成的人力资源和物质资源在特定的经营管理组织中集合而成的。

从深层次上看，物质资源存在的意义和价值在于它们各自背后的能力，唯有蕴藏在这些要素之后的能力，才是企业存在的本质。核心能力是企业长期竞争优势的源泉，是决定企业绩效的关键因素。企业的边界由企业的能力决定，企业的成长由企业能力的提高和扩张引起。企业能力理论并不强调交易费用，它从企业的"生产"属性出发，把企业看成是一个知识产品库——生产性知识和能力集合。企业的生产可能性边界不仅取决于组织成员个体所拥有的知识和能力，而且取决于企业作为一个整体所拥有的知识和能力，即企业核心知识和能力。企业能力理论正是在这些能力（知识）特性的基础上来解释企业的存在。

就企业家的个性特征而言，彭罗斯总结了企业家的多面性（Versatility）——想象力、取得信任的说服力、冷静的判断力和野心。对企业而言的环境，反映在企业家心理的"想象"，"成为企业扩张和发展的（想象）机会，是企业家对企业在特定环境中生产何种产品的一种构想"。这种构想的实现依赖于作为生产性资源集合体的企业潜力。而经营者能力的发挥又部分依赖于企业内的企业家能力，因此，从这个意义上说，企业家的事业心是决定企业命运的最根本的因素，并和企业组织中的经营管理能力共同决定企业的发展。

在不确定性的环境下，企业家能力成为最为稀缺的要素，企业家起到最核心的作用（贺小刚，2005）。虽然企业能力理论很好地解释了企业家能力的作用，但仍有很多问题尚待解决，例如：具有企业家能力的人都具有哪些特征？在创业过程中，企业家能力随着外部环境的不断变化如何发挥不同的作用？等等。

2.4　产权理论

　　Grossman 和 Hart（1986）的现代产权方法的一个主要优势是，它不依赖于非人格化的市场，却能清楚地说明一体化的成本和收益。企业由它所拥有的资产组成，事前签约的成本使得契约总是不完全的。在契约明确规定对资产的某些特定的权利之外，还有剩余的权利（剩余权利之所以未加界定，是由于界定成本高昂，以致于界定它是不经济的）。那些未加明列的控制剩余的权利就是所有权。这种所有权只能由单方独占。当把另一个企业买下来后，被买企业的管理者原先拥有的对企业的控制权就不复存在了，这将影响管理者的激励。企业间签订契约的成本可能很高，一体化可能成为一种节约交易成本的手段。

　　该理论用非人力资产所有权来界定企业特征，企业是处于共同所有权下的一组资产。如果两项不同的资产属于同一所有者，那么就只有一个一体化企业。如果它们属于不同的所有者，那么就存在两个企业，两者之间的交易称为市场交易。资产所有权的决策决定了企业边界，因为在不可预见的、未经约定的情况下，双方在讨价还价时，控制资产的所有者便具有单边优势能力。某项资产的所有者可以决定该资产如何被使用和被谁使用，这一点只受到法律和隐含于特定契约义务的约束。资产变成讨价还价的杠杆，从而影响各自关系投资的未来支付。与交易成本经济学相反，标准的产权模型假定所有讨价还价，包括任何发生在投资被作出之后的讨价还价，都是有效率的。因此，每件事都体现了所有权如何影响初始投资。

　　为了阐述明确，在 Hart 和 Moore（1990）的研究中，每个代理人进行人力资本投资，这种人力资本与一组非人力资产是互补的。每个代理人必定拥有他或她自己的人力资本。然而非人力资产的所有权会影响人力资本投资的激励。一旦投资作出，事后更进一步的讨价还价决定了投资回报的分配。这种讨价还价可能使每一方得到其单独控制资产所得，再加上合作所创造的部分剩余。

　　产权理论的最优结果是，当买方的投资比卖方的投资变得更重要时，买方应该拥有更多的资产。如果一种资产对买方的投资没有影响，那么它应该由卖方拥有。同时，外部人不应该拥有资产，否则无法对讨价还价问题进行监督。因此，联合所有权决不会是最优，只有联合使用才有价值的资产决不会被分离地拥有。

产权方法的一个最大的优点是它可以同时解释所有权的收益和成本。这大大澄清了市场的制度作用和提供企业家激励的价值。但是，在产权模型里，企业定义是不明确的，人们实际上还不能清楚解释买方和卖方的特性。在企业家的解释中，买方和卖方是单个个人，如果企业成员超过一个人，那么如何解释不可转移的（例如人力资本上的）投资就成了问题。

2.5 代理理论

在现在的经济学文献中，交易费用理论一般被用来解释企业的存在与边界问题，而代理理论则被用来解释企业内部的合约安排。

标准的委托代理理论是建立在两个基本假设之上的：第一，委托人对随机的产出没有（直接的）影响，即对产出没有直接的贡献；第二，委托人不易观察到代理人的行为，即委托人没有信息优势，二者之间存在信息不对称问题。正是由于委托人与代理人之间存在种种问题，导致了委托代理关系中"道德风险"的产生（Spence & Zeckhauser, 1971）。

委托代理理论认为应建立一套既能够有效地约束代理人的行为，又能激励代理人按委托人的目标努力工作，大大降低代理成本，实现委托人与代理人双方利益"帕累托最优"的机制或制度安排——激励与约束机制。

当代理人的行为很难证实，显性激励机制很难实施时，长期的委托代理关系就有很大的优势，长期关系可以利用"声誉效应"（Reputation Effects）。伦德纳（Radner, 1981）的模型很好地解释了这种情况。但明确提出声誉问题的是法玛（Fama, 1980）。法玛认为，在现实中，由于代理人市场对代理人的约束作用，"时间"可以解决问题。他与伦德纳和罗宾斯泰英的解释不同，法玛强调代理人市场对代理人行为的约束作用。他为经理人市场价值创造了"事后解决"（Ex post settling up）机制。应用在经理人市场的分析上，经理的市场价值取决于其过去的经营业绩，从长期来看，经理必须对自己的行为负责。因此，即使没有显性的激励合同，经理也有积极性努力工作，因为这样做可以改进自己在经理市场上的声誉，从而提高未来的收入。虽然该模型的假设前提太苛刻（经理人是风险中性，不存在未来收益贴现），但它证明了声誉效应在一定程度上可以解决代理人问题。

委托代理理论的发展极大地改进了经济学家们对于资本家、管理者、工人之间的内在关系以及更一般的市场交易关系的理解。但是，在委托代理理论的分析框架中，资本与劳动之间的主要契约安排完全是外生的，资本家（或股东）是企业的所有者，是委托人，劳动者是代理人。因此，从某种意义上来说，委托代理理论需要进一步对委托内生的情况进行研究。

代理理论对个体理性的假设近似于完全理性，它把不确定性转变为随机事件的概率分布，并且这个概率分布为共同知识。通过这一假设，复杂有意义的现实问题得到了高度简化，变成一个简单的数学计算问题了。更进一步地讲，通过近似地完全理性假设，可以设想委托人与代理人之间存在连续风险分担合约，然后由他们内在的风险规避度决定一个合约。把代理理论看成是研究激励与风险分担的权衡，不如直接把它看成是风险分担的理论。

另外，企业为了解决"敲竹杠"的问题，代理理论的逻辑是双边关系、资产专用性等。在联合风险投资协议、风险资本契约或任何其他商业交易的谈判中，大量时间被花费于建立保护以防止敲竹杠。同时，这类契约初步证实了解决敲竹杠问题不能只依靠企业一方。事实上，新兴的企业现在似乎有这样一种趋势，即非一体化、外部供应、外包以及通过市场进行交易，并不是把每件事都置于组织内部，这种趋势意味着解决敲竹杠问题有了可替代的、独创性的方法。

2.6　不完全契约理论

在完全契约关系下，交易主体基本上可以通过签订无成本的契约，以描述所有可能影响到他们之间合同关系的未来或然事件。不管如何，在既定的约束条件下，他们总是能够得到一个相对偏好的结果，并且因此合作成功。正如谢德仁（2001）提到的，"如果企业合约是完备的话，那么科斯、阿尔钦和德姆塞茨、詹森和麦克林、张五常等研究的问题就不成其为问题。由此可见，科斯等人的研究也隐含着合约的不完备思想，但他们更关注企业合约相对于市场合约的长期性，而未关注前者的相对不完备性"。

不完全契约一方面得出了企业能够节约交易成本的原因，即企业的本质是一种不完全契约的集合；另一方面，在不完全契约的理论基础上，分析了企业内部权力的特征，强调剩余控制权决定剩余索取权（Hart，1995）。

具体来说，剩余控制权一方面决定了资产所有者对于资产在非缔约条款下的使用情况，另一方面也决定了谁能使用资产的权利，剩余控制权天然地归非人力资产所有者所有。因为哈特认为"在契约不完全时，所有权是权力的来源"，不仅如此，"对物质资产的控制权能够导致对人力资产的控制，雇员将倾向于按照他的老板的利益行动"（Hart & Moore，1990)，以至于"剩余控制权实际上被作为所有权的定义"（Hart，1999)。

在这一理论中，企业家具有配置所有权的权利。然而，在哈特看来，企业的创立在于企业是某个资本所有者充当"中心签约人"追求剩余索取权的装置，是风险承担者拥有剩余索取权的装置。

在我们看来，(1)契约的不完全性是由于经济个体的有限理性决定的，经济个体是在自身信息条件下作最优选择的。即使合约是不完备的，它也是经济个体最优化自身行为的选择结果，合约中不完备的地方也必然被经济个体所考虑到，所以不完全性并不能说明剩余控制权有多么重要；(2)合约的不完全性并没有说明企业为什么会存在，该理论仅仅用企业所有权的概念研究了企业的并购、边界与资本结构等问题。

在此基础上，一个更加微妙的问题是，人们应该在什么层面上研究完全合同与不完全合同？

我们必须注意到这样一个事实：在契约理论框架里，合同都只有一个性质——不完全性。我们并不否认现实中几乎所有的合同在绝对意义上都是不完全的，但事实上，现实中的人们并没有因为合同必然是不完全而放弃签订尽可能完善的合同的努力。在市场网络中，相互依赖比双边关系更普遍，人们如何组织一笔交易依赖于其他交易如何安排。其中的博弈关系非常复杂，它涉及简单双边关系以外的策略考虑（霍姆斯特姆，罗伯茨，1998)[1]。

原来的合同方法集中于所有权驱动的激励，随着企业家才能和人力资本价值的增加，忽视了契约和所有权的其他替代物的企业理论不会对经验研究起多大作用。

最后，我们归纳在企业理论中企业家角色的定位。

---

[1] Holmstrom, B., and J Roberts. The Boundaries of the Firm Revisited. *The Journal of Economic Perspectives*, 1998. vol.12, no.4, pp. 73-94. 在有关新兴企业的治理文献中，随着企业家才能和人力资本价值的增加，两者都开始用产权方法融入理论模型。但这种方法仍需要扩展其视野，并认识到企业家能力不仅仅源于资产所有权，除了所有权之外，还有其他激励手段。

表 2-2　在典型企业理论中企业家的定位

企业理论	代表人物	企业家的角色
新古典企业理论	萨伊、马歇尔	企业是一个黑箱，企业家没有多大的作用
科斯企业理论	科斯	企业家是一个能够比较内部和外部交易成本的人
代理理论	斯宾塞	委托人（剩余索取者）可以是企业家，但是如果考虑完全合约，委托人类似于管理者
威廉姆森企业理论	威廉姆森	企业家为减轻机会主义承担部分责任。
产权理论	哈特	企业家部分地配置所有权

　　科斯、威廉姆森和哈特等人给了后人许多有益的研究指引，他们从企业的案例出发，研究"企业为什么会存在？"从一体化出发，研究"企业的边界在哪里？"企业被看作是市场的替代物，企业家是潜在的比较市场和组织成本的人，这些理论关注企业家和雇员、外部利益相关者的激励约束关系，企业是契约的一般化。科斯及以后发展起来的方法给出许多非常有益的方法论上的启示。

第 3 章

新创企业的性质与边界

3.1 为什么是"他"成为了企业家?

关于"谁将成为企业家"的问题,学术界充满着争端。主流的理论认为拥有财富的人才最有资格出任企业家。例如道(Dow,1993)、张维迎(1995)分别提出了形式化的理论。张维迎的分析分为两个步骤。首先,他论证了在由经营者和生产者组成的团队中,将委托权或委托人资格分配给经营者在多大程度上是合理的。理由有二,一方面经营能力可以降低经营上的不确定性(或者说,在团队生产中发挥较大的作用),另一方面经营者的行为更难以监督。然后,在"有经营能力的人应当成为企业家"的基础上,他进一步论证个人财富通常比经营能力易于观察,而且"就显示经营能力而言,富人做企业家的选择比穷人做企业家的选择具有更可信的信息",即资本可以作为传递个人能力的一种信号;在自由进入的企业家市场上,资本家最终成为胜任企业家资格的人选(张维迎,1995)。对于富人作为企业家资格竞争中赢家这一关键的证明,张维迎的分析建立在"非负消费约束下的无限责任假定"的基础上,该假定隐含着,企业的资本需要量要大于个人的财富拥有量,总是存在企业家不能为债权人(和工人)履行支付义务的正的概率。因此,通过"财富依存的利率工资机制"和信贷配给,只有具备一定财富的"积极资本家"最终被市场所选中,而成为企业家。存在不完的资本市场和劳动市场,"只有这样一种机制可以保证经营工作由称职的人选来承担",否则,企业家市场将会充斥着"伪劣商品"。

但是,在当前世界,不少成为企业家的人在创业伊始并不能具备一定的财富。我们可以看到太多的成功企业家在诉说着早期资金的困难和创业的艰辛。由于各行各业都比较成熟，创业的机会较少，大多数企业家都是在企业中以打工者和穷人的身份成长起来的。在一个逐渐成熟的企业家或经理人市场中，经营能力也无法"虚报"，衡量一个人经营能力的主要标准是他在商场中搏击的履历。资本雇佣劳动模式在理论上难以成立，在现实中已被知识经济条件下劳动雇佣资本现象的出现所证伪。

道认为，某种组织形式的企业之所以能够被要素提供者所选择，并不是因为它（像威廉姆森所说的）可以带来更大的总剩余，而在于它长期的生存能力（Long-run Viability）（Dow, 1993），即必须事前给予两种要素的所有者非负的支付，使得建立这些企业的企业家能够吸引到所有需要的投入。他首先将企业的组织形式分为资本管理型企业（KMF）和劳动管理型企业（LMF）；在 KMF 中，实物资产的所有者是剩余索取者，他雇佣工人且决定产出，LMF 正好相反。在任何一种组织形式中，两种要素所有者先就受雇投入的报酬讨价还价，待报酬确定后，雇主选择对其最优的产出。

在（专用性）投资不可签订的前提下，道（Dow, 1993）证明了，尽管"资本管理型"企业在通常情况下不能达到总剩余的最大化，但由于实物资本的所有者与工人们均可获得正的准租金份额，前者就有可能补偿专用性资产的沉淀成本，从而取得该种组织模式的生存性；相反，即使"劳动管理型"企业可以实现总剩余的最大化，由于特定的权威结构，工人们就会"占用"所有准租金，致使资本所有者丧失专用性资产投资的任何激励，这种组织便无法生存。这样，在实物资本专用性普遍存在的真实世界中，"资本管理型"企业将在均衡下"盛行"[①]。

周其仁认为人力资本应该参与到所有权分配，人力资本只能激励，不能压榨（周其仁, 1996）。后来杨瑞龙等人的主要工作试图在一个主流经济学的理论分析框架内证明：人力资本可以参与到企业所有权分配中去，并提出"共同治理"理论（杨瑞龙, 2001）。他从经济学的角度，从产权的相互性，从人力资本在一定程度上具有可抵押性等方面，证明人力资本能参与到企业所有权分配中去。同时他还运用鲁宾斯坦的轮流叫价模型，证明资本和劳动在连续的博弈过程中，人力资本的信息劣势可以得到一定程度的弥补。后来进一步从实证角度证明人力资本可以参与到企业所有权的分配中。

---

① 参见赵农（2005），权威关系的形成与企业的性质，第二届制度经济学年会论文。实际上，Dow（1993）的文章最后提到，劳动管理型企业通过将物质资产作为企业的集体产权，把资本的作用和劳动力的供给结合起来，在这种情况下，劳动管理型企业不再从外部所有者中获得资本，讨价还价的问题被弱化。

这些争论一方面与当时的时代背景有关，另一方面与企业家和管理者、资本所有者和经营者的概念在主流理论中没有明确的界定有关。我们赞同周其仁等人的研究，资本并不一定天然雇用劳动，财富也并不一定是成为企业家的必要条件，考虑到创业阶段的不确定性，我们视企业家为新企业创立的过程的一部分。回顾前面的文献，无论将企业家视为套利者、创新者还是风险承担者，其中都含有一个共性，他们都发现或者掌握了关于某种市场获利机会所延伸的创意的稀缺信息，同时企业家掌握某种关键的资源，必须及时地实施将创意转化为实际创业行为的企业家活动。因此，我们从新企业创立的过程来定义（新创）企业家。

（1）企业家具有对市场机会的敏感等异质资源或者能力。

新创阶段，企业家拥有三类异质性的资产。

第一，异质的企业家的人力资本。例如：企业家个人对市场机会的敏感，对机会的认知；个人拥有的专利或独门诀窍；个人与新创企业专有的交易关系；个人拥有的管理专业技能如融资、内部控制、领导激励等等；个人拥有的与新创企业经营相关的其他策略性资源，如政府关系、生意门路、独特地理区位、甚至家庭背景，等等；个人的创业经验、性格、建立并领导创业团队的能力；个人对事业经营独到的眼光或远见等。

第二，异质的实物资产。例如专用设备、专用仪器、原料或材料、特用制造程序、专用物流设备、软件，以及厂房、办公室、仓储、零售点等等。它们与新创企业成功与否息息相关，假如新创企业经营失败，这些资产转为它用的价值相对不高，因此可以称为异质资产（Foss, N., et.al., 2007）。

第三，异质的无形资源。过去企业主要依靠有形资源，而现在企业主要依靠无形资源。据统计，在经济发达国家，企业无形资源和有形资源的比例，1980 年是 1：1，到了 2000 年，这个比例上升为 4：1，即无形资源占了 80%。

表3-1　无形资源和有形资源决定的权利

无形资源	有形资源
共享使用，权利边界的模糊	产权的排他性使用，可以清晰界定
无限次使用，使用越多，创造价值越多	一次性使用，越用越少
创造价值的共享	可以明确使用剩余索取权
边际成本递减，边际收益递增	边际成本递增，边际收益递减

资料来源：根据李海舰（2005）的研究整理。

（2）企业家兼具管理者和企业所有者的双重身份。

当前的很多新创企业，企业家（不论创业者个人还是创业团队）既是股份所有者，又是企业的管理者。尤其是一些高科技创业企业，出现管理者占有股份以及"劳动雇佣资本"是相当普遍的。

但是，我们要强调，企业家不等同于经营者。许多企业的各级管理者、经理或工业家，他们只是把经营既有的企业当作一个职业，而没有实现企业的新组合的动力和能力，他们不能称为企业家。企业家也不等同于资本家。"资本家"可以是货币、货币索取权或者物质财富的所有者，但不一定是企业家。在创业初期，企业家不仅是资本家，而且通常还是自己企业的技术专家、营销代理人、办公室主任、人事经理等等，"一身多能"。

（3）企业家必须实施将创意转化为真实创业行为的活动。

研究企业家必须要从其起点——创业开始，从新的企业怎样诞生开始，也就是说，研究企业家不能研究谁是企业家（Who is the entrepreneur），而是企业家做了什么（What does the entrepreneur do）。这种研究视角早就有人提出。从前人对企业家的定义可以看出，由于研究定义的不同，以致于企业家本身被"湮没"了。科勒援引 Say 的观点认为：企业家是联合所有的生产要素的代理人，企业家本身是企业创建复杂过程中的一部分（Cole, 1946）。可惜的是，这种研究视角并不容易坚持下去（Peterson, 1981），因为长期以来，企业家被视为一种特殊人物，需要了解其特征、性格和能力。当研究者过多地评价企业家的心理因素时，其结果可能是无法把企业家和管理者甚至一般的人群区别开来（Brockhaus, 1986）。创业活动也有创办、成长、成熟、衰落等生命周期，因此创业企业的人在不同阶段扮演不同的角色：创新者、管理者、小企业主等等。如果创业活动终止了，企业家也将不存在。

这里，存在着三种类型的企业家：熊彼特式企业家、内部创业者和经营型所有者。企业家大量存在于中小企业中，他们拥有并经营一个独立的企业，通过创新式破坏改进现有的市场结构，在意识到自身的目标后，他们往往会成为一个经营型所有者。内部创业者为了其雇主的利益投入时间、精力、声誉等为代价实施一些商业性的原创工作，在一定条件下，他们以合伙或者个人的形式开创新的企业成为熊彼特式企业家。经营型所有者可以在小企业中找到例证，包括经销商、零售商、自我雇佣者以及从事其他职业的企业家，有可能他们不是熊彼特意义上的创新者，但是如果他们能够在创业的过程中积累起经验，发展自身的企业家能力，也可以向熊彼特意义上的企业家转化。

下图 3-1 所展示的是创业企业家的生命周期模型。我们建立了 5 个阶段的周期，分别是酝酿、初创、扩张、成长、变革。各阶段的转折点是企业面临的危机（风险），渡过转折点又与企业家采取的措施有关。我们以机会认知、决策分层、管理（职能完善）、治理（结构）等相对应。例如在第一个时期酝酿期，企业家有创业的点子，当切入一个市场机会时，企业将进入初创期。

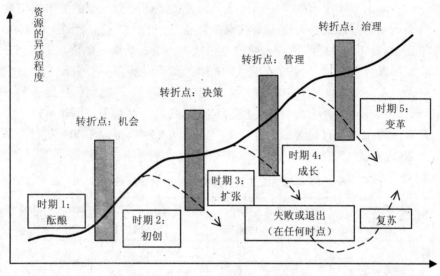

图 3-1 新创企业的生命周期过程

图 3-1 中，纵轴我们定义为资源，反映在规模上是企业量的增长，随着企业规模的扩大，需要企业家在信息、市场、合同、管理、执行等方面的能力或者人力资产的积累。实线表示企业家突破危机后的发展，在不同阶段用虚线表示企业家的失败，当然图中也展示了企业家的再次创业或者"复苏"。

3.2 中国的新创企业家

先看看两个案例材料。

案例 PD4 中的创业者曾经在加拿大攻读 MBA，一次在学校参加"关于中国远程教育"的讲座给他留下启发，2003 年回国后在盛大网络有 1 年的工作经历，使他开始考虑把网络游戏的运作模式运用到远程教育中来，在其开发的远程教育软件里，实现人人对话，人机对话，寓教于乐，现在又力图把该模式推广到政务系统中，以适应中国政府加强党的执政能力的要求，适应高等教育提高教育质量的要求。

案例 PD9 中的创业者年龄已近花甲，一辈子在不断的小发明的开发中积累了丰富的创新经历，现在他把这种才智用在光能源方面，开发节能照明产品，应该说，他在光能源方面没有经验，但是他有着对市场未来机会的敏感，将发明的技能用于新的领域，也能够取得一定的突破。

一项由全国工商联、中国民（私）营经济研究会组织的关于中国私营企业主的跟踪调查表明了企业家在创业之前的（职业）背景。从 1990 年到 2000 年，主要的创业人群分布在技术人员、企事业单位负责人、一般职员以及个体户。1990 年到 1992 年，私营企业主主要来自于普通职员、工人、服务业员工和农民，到 2005 年，该人群的比例已经显著的下降到 26.7%。另外一个变化是技术人员、机关负责人和企事业单位负责人所占的比重有着显著的上升，三类占比从 1993 年前的 30% 左右上升至 2005 年的 65.5%。

表 3-2　私营企业主开办本企业前的职业分布（%）

职业	1993 年前	1993-1996 年	1997 年	2000-2001 年	2002 年	2005 年
技术人员	11.1	3.9	4.3	3.8	6.4	14.6
政府机关负责人、干部	5.9	3.0	2.6	2.8	3.2	8.2
企事业单位负责人	15.4	24.6	23.5	63.5	55.9	22.0
普通职员、工人、服务业员工和农民	43.9	13.0	13.4	13.3	14.6	26.7
个体户	8.6	27.4	39.8	11.3	15.1	20.4
城乡务工人员	-	10.8	2.2	-	-	-
无职业	-	0.6	1.2	0.5	0.5	1.9
其他	15.1	16.7	13.0	4.8	4.3	6.2
合计	100	100	100	100	100	100

注：其他包括军人、村干部、下岗失业等。

资料来源：《中国私营企业调查》1993，1997，2000，2002，2006。陈光金、李君（音）等（Guangjin Chen, 2006）。

结合上面的数据，新创企业家可以分为如下的主要类型：

第一种：生存型。创业者大多为下岗工人、失去土地或因为种种原因不愿困守乡村的农民，以及刚刚毕业找不到工作的大学生。这是中国数量最大的一拨创业人群。该类人群也是目前国家创业政策的扶持重点。2003 年，大约 280,000 人接受了再就业的培训，其中近 50% 的人成功地创办起企业或者自我雇佣。在上海，已经建立了"灰领"创业园，以鼓励低技能创业。从 2004 年开始，共青团组织联合国际劳工组织在全国开展"创办你的企业"（Start Your Own Business）的培训和小额贷款。SYB 培训为想要成为企业家的人提供主要依靠参与式培训和从活动中学习的简短的、模块式的、以教材为基础的课程（Tuñón, 2006），该项目已在中国各地推广。

生存型创业的效果还有待观察，创业活动涉足的行业局限于传统行业，例如商业贸易、小型的加工业等等。因为现在的国内市场已经不像 20 多年前刘永好、鲁冠球、南存辉的时代，短缺经济中任何一个机遇都成为企业成长的"沃土"。而在当前，市场竞争更加激烈，仅仅依靠机遇成就大业，已经是不切实际的"幻想"。

第二种：变现型[①]。过去在党、政、军、行政、事业等单位掌握一定权力，或者在国企、民营企业任职期间聚拢了大量资源的人，当机会来临的时候，"下海"开公司办企业，实际是将过去的权力和市场关系变现，将无形资源变现为有形的货币。在 20 世纪 80 年代末至 90 年代中期，第一类变现者最多，现在则以第二类变现者居多（辛保平、程欣乔、宗春霞，2005）。但第一类变现者当前又有抬头的趋势，而且相当部分受到地方政府的鼓励，如一些地方政府出台鼓励公务员带薪下海、允许政府官员创业失败之后重新回到原工作岗位的政策，都在为第一类变现型创业者推波助澜。

第三种：主动型。其中可分为两种，一种是乐观型创业者，一种是现实型创业者。前一种创业者大多极为自信，做事冲动，这样的创业者很容易失败，但一旦成功，往往就是一番大事业。他们强调创业要有激情，在国家的政策鼓励下，希望积累一定的经营管理的经验。他们有冲动和激情，"别人能做的，我们也能做到，别人能做好的，我们去学习"。这类创业者从有创业的想法到创业实施过程中准备不是很充分。而现实型创业者或是掌握资源，或是拥有技术，一旦行动，成功概率通常很高。他们有的曾经有过创业经历，创业之前有比较长的时间准备，积累一定的资源。一方面是由市场竞争环境所决定的，另一方面，大多数创业者经过充分的市场调研和准备，待条件成熟后再创业。这类创业者在高科技领域的比重较多，尤其是海归创业者基本上可以归于此类。截至 2005 年，全国至少建立 70 多个留学生创业园，开始吸引越来越多的海外留学生归国创业（Lundström, 2006）。以上海为例，2007 年上半年，在上海

---

① 参见辛保平等：《老板是怎样炼成的》，清华大学出版社（2005），第 3 页。我们不是完全同意这样的称谓，但是这种分法比较形象。

工作的归国人员达 6.8 万人（王有佳，2007）。他们在国外一般有相当充分的项目和技术上的准备，加之国内各地方政府的政策优惠，回国后能充分利用政策条件创业。

在现有的经验研究中，影响创业的外部因素相当宽泛，从先天因素，到遗传因素再到后天的环境因素。下表归纳了目前研究中涉及的多个外部变量与创业之间的相关关系，表明了影响创业的因素非常宽泛以及不同研究之间具有较大的差异性（见表 3-3）。

表 3-3　20 世纪 80~90 年代关于影响企业家的实证研究

	1	2	3	4	5	6	7	8	9	10	11	12	13	14	15	16	17	18
创业动机	+			+	+	+			×			×				×		
失业压力	×	×					—	—	—							×	×	—
教育背景	×			×	+	+	+	+	+		×	×	×	×	×	×	×	+
管理经验	+			×	×		+		+			×	—		+			
先前的创业经历						×		×								×		
家族继承																×		
社会地位				—							×	×						
职能技术							+		+									
培训				×			×		×									
年龄				+		×					+		—	—	×	×	×	+
以前的行业经验						×	—				+		×					
以前的企业规模						×					×					+		
性别	×	×	×	×	×	×	—									×	×	+

资料来源：戴维·斯托里（Storey, 1994）

注：＋ 表示变量与企业家创业之间正相关；— 表示变量与企业家创业之间负相关；× 表示变量与企业家创业之间的相关关系不明显。研究者被略去，以编号代替。

但是，决定新创企业家生成的更主要因素是素质和能力等个体因素，这也顺应了谢洛德的说法："企业家不是天生的，而是通过后天的历练才可能获得"（Shefsky, 1996）。我们把创业者必须拥有的素质和能力在案例访谈中请企业家本人评价后，得出以下的结果（见表 3-4）。需要指出的是，由于样本数量少，我们采用类似于案例打分的方式（Case Coding）。

表 3-4　新创企业家的素质和能力

	直接提到的 企业家数	间接提到的 企业家数
承担风险、面对压力	7	5
对市场机会的敏感	10	5
决断的能力	8	3
拥有广泛的社会网络	4	—
与新创企业相关的经验	4	—
与新创企业相关的全面知识	4	—
沟通能力、凝聚高水平的创业团队	12	—
建立信任的人际技能	6	—
对不确定的应变和相机调整的能力	9	—
激励和留住高绩效的骨干员工	6	—
诚信，树立声誉	7	—
和普通人一样	5	—

注："—"表示无法确定。

　　尽管现在无法判定企业将来的成长性，但是我们还是可以看出，为了经营好新企业，创业者需要各种各样的素质和能力。在素质方面，给人留下深刻印象的是敢于承担风险、面对压力的态度。在能力方面包括对市场机会的敏感、决策、与他人相处建立信任的人际技能，建立社会关系网络的技能，凝聚创业团队的技能，对不确定性的应变和应对调整的能力，等等。

3.3　资产权利与企业家决策

3.3.1　资产权利

　　如同我们前面讨论的，企业家创业理论和企业理论各自的发展处于脱节的状态。在人们的一般理解中，企业和企业家是孪生的，一个没有企业的企业家是难以想像的。我们的"搭桥"将建立在企业的异质性资产属性的基础上，揭示企业家决策和所有权理论对企业理论的重要性。

　　企业家的决策理论最早源于 Knight（1921）。决策是商业人士（Businessmen）对于未来赢利能力不确定的事件建立评价的过程。企业家的创业可以认为是决策的一种，不过企业家决策的特殊性体现在他试图找到市场没有实现（认同）的价值。如同 Casson 所认为的，"企业家相信他是正确的，而其他所有人都是错的"。

企业家决策可以从交易中获益，当企业家决策同资产结合，企业家就具备控制和组织其拥有的资本品的能力，企业家决策最终是对资源控制权的决策，在同质性的世界，企业家决策的作用被忽略了。而奥地利学派对于企业家理论提出：企业家活动的市场过程、资本的时间结构以及商业周期的反投资理论等。因而他们的理论同资产所有权理论紧密联系。

企业家决策一般是在不确定的情况下作出的，也是在没有明显正确的模式或规则的情况下作出的。企业家的机警与敏感是面对现存的机会的一种反应，而决策是新的机会的创造。简而言之，在不确定情况下的决策就是创新，无论它是否包含模仿、创造、领导还是任何其他的因素。

企业家决策不能根据其边际产品定价，也不能因此而获得报酬，也就是说没有一个可以依赖的市场对决策进行定价，因此为了实践这一决策，需要具备决策能力的人去创办一个企业，当然，决策的制定者可以雇佣咨询师、技术人员等等，这些不影响他们进行自身的创业实践。决策意味着资产所有权，决策的制定过程最终是对资源配置的决策。

上述企业家决策的论断开始把企业家理论和企业理论联结起来，后来的交易成本理论和产权方法也是把资产所有权放在企业组织的核心（例如 Williamson,1996; Hart,1995），企业被定义为"企业家+可转让资产+最终的控制权"的集合。这时的企业理论成为企业家如何处置他（她）拥有的异质性资产的理论，研究企业家应该追求一种什么样的资源组合，企业家要如何给下属赋权，企业家设计一种怎样的激励或监督机制来让资产（资源）同决策保持一致等等。

随之而来，我们要问"谁将拥有资产所有权"？在科斯产权理论那里，私人产权被定义为实行一系列行动的权利，同时科斯的产权还是某项资产的使用权，他关心的是使用权的配置。一般来说，这种配置从概念上与所有权问题是分开的，也就是说，人们能够在所有权缺位的情况下分析使用权的配置，典型的例如代理理论。

在科斯之后 20 多年的文献中部分地解决了科斯遗留下来的问题，这些文献更清晰地界定产权的不同范畴，例如使用权、收入权、排它权、资产让渡权等，因此，所有权开始与不同类型的产权发生关系。

但是以科斯为代表的"旧产权理论"还是有很多模糊的地方，最主要的两个方面是：第一，作为资产所有者和非所有者在权利束的区别上是模糊不清的；第二，产权的排它性程度是建立在所有者认知其产权完善与否的基础上，抑或是所有者本身拥有的能力。比如说，在第一个方面，Demsetz（1967）和 Alchian（1972）很充分地解释了私人产权的相关范畴，但当他们分析企业的组织和治理结构时，所有权被定义为拥有控制权和剩余索取权；在第二个方面，所有权在多大程度上可以排他性地运用资产也没有解释清楚。

以 Grossman 和 Hart（1986）为代表的"新产权理论"看起来采取更严谨的定义，在所有权理论方面的贡献在于区分控制权（Specific rights of control）和控制权回报（Sesidual rights of control），前者可以通过合约方式形成，后者则通过资产的法律所有权获得，控制权回报不仅包括了资产的使用权，也决定了何时或是否出售资产（Hart, 1995）。但是，这些讨论仅仅停留在资产的属性上，忽略了资产的交易。

下面的一个简单例子中，我们建立一个更深入的理解所有权理论的方法。

假设有一个人 N 准备在其修理汽车的人力资本（专用技能）上进行投资，这种投资是非合约性的，目的是使修理汽车的成本低于市场成本。假设在此例中，N 修理的车辆是 3 台，有 3 个潜在的驾驶者 A、B、C，同时，N 的人力资本投资由三个人承担，在这种情况下，N 倾向于把驾驶者作为顾客来投资，顾客倾向于让 N 来修理汽车。为了分析的方便，还假设 N 的投资边际成本比 A、B、C 的要高。

根据"产权理论"的逻辑，有效的产权配置是 N 承担汽车的所有权，否则，他会冒汽车所有者享受其在汽车修理的投资租金的"敲竹杠"风险。但是，我们可以找到另一种所有权模式。对于持久性资产（例如本例中的 3 辆车）来说，可行的使用方式不仅要求支付边际产品，而且要求支付使用过程中的折旧。

N 有两种方式补偿折旧：

1）要求一个事前的价格，而且独立于事后的真实折旧；

2）商议一个事后的价格来反映折旧。

第一种方式当然有道德风险的顾虑，第二种方式的问题在于讨价还价。因此解决问题的办法是花费一定成本，检验折旧的实际值。如果汽车所有者将车辆出租，考虑机会成本，那么所有者会理性地选择不对资产的属性进行检验。同时假设"小心"驾驶的成本比"粗鲁"驾驶的成本高，因为前者要花费更多的时间和精力，这也意味着，当一个所有者/驾驶者为了折旧和安全考虑必须交易时间时，承租人/驾驶者为了安全考虑只能交易时间。

N 的目的是从投资中获取最大化的租金，他希望攫取的租金尽可能接近一个所有者/驾驶者的机会成本。当然，由于检验成本的存在他不可能达到这三个点（低于三个点）。在考虑正的成本的情况下，N 将索取的租金反映他对折旧价格的弥补，这时，C 的驾驶态度向左移动；如果 C 是承租方，N 能够最大限度地在零检验成本的价格和市场化的折旧价格之间选择一个补偿要价。同样，N 可以对 B 以及 A 提出更高的租金，使得 A、B 无论成为非专用车的所有者还是成为专用车的承租方都是无差异的。N 的最大化问题是向每一个驾驶者提出最高要价，否则，他可以引入更多的驾驶者。

考虑机会成本和调整成本，有效率的合约设计是：让这些驾驶者拥有专用车，同时允许他们提供一般的租金弥补投资成本。一个可能的均衡状态是 A 和 B 是承租人/驾驶者，而 C 成为所有者/驾驶者。

以上的例子说明，进行人力资本投资的个人并不一定是专业化物质资产的所有者。在本例中，所有权可以落在 C 而不是 N 身上。

因此，企业家可以是占有物质资产所有权的，这是 Hart 和 Moore 式的企业；企业家也可以是进行人力资产投资，但是可以通过决策控制资产的运用，这是 Bolton 式的企业。无论如何，企业家的重要作用就在于创造和发现这些属性。企业家的上述特征为资产所有权创造了独特的作用，例如：那些创造和发现新知识的人具有直接使用的激励，因为知识的传递要耗费成本；在一个运转良好的法制系统中，资产的所有权通常意味着，当企业家在追求其创造或发现的资产属性时，第三方不会过多地干预。这样，很自然的结果是，企业家为了避免高成本的谈判方式，资产所有权就提供了进一步创造和发现资产属性的激励。

3.3.2 企业家决策

在资产所有权的基础上，企业家决策的作用凸显出来，对于拥有一个或者少数所有者的小企业更是如此。Foss, K 和 Foss, N（2007）援引奈特关于企业家决策的观点，进一步把它作为企业家的"初始决策"（Original judgement），它和资源的所有权密不可分。决策会委托授权给下级组织，这些受委托者并不是像机器一样忠实地执行任务，而是根据不同的场景根据自己的判断作出进一步地决策，我们称之为衍生决策（Derived judgement）。

"初始决策"指一个商业理念的形成和创业决策的确定。如果企业家的商业计划足够复杂（对于具有一定成长性和一定技术含量的企业应该如此），他会试图利用他没有具备的知识，将决策权授予雇员或下级，通过决策的层级分解，这时，衍生决策应运而生。

企业使用特定的资产，包括有形的（物质资产）和无形的（人力资产）。根据 Brynjolfsson 的划分，人力资产的类型被分为个人型和背景导向型（青木，2001）。对于不同个人型人力资产的参与人中，谁将拥有物质资产的控制权是至关重要的问题。前面我们已经证明了企业家占有物质资产的所有权是最优安排。个人型和背景导向型的人力资产是一种固化在人身上的信息（也叫内隐知识）和资产，不可能将它们和个人分开，因此可以称之为"不可分离的资产"，包括企业家和员工的经验、技术、文化和习惯；与此相对应，非物质的人力资产，如文件、手册、报告、软件、发明等可以定义为"可分离的资产"（也叫外显知识），因为它们的所有权可以和生产者分开，用于交易。

为了理解决策分解的逻辑，我们设计的框图如下（图 3-2）。如果企业家控制了核心资源，那么，分级治理就不具有紧迫性。但是，实际情况则是，企业家不可能控制组织的所有资源。对于物质资产而言，由于它可以建立有效的分离机制，因此企业家可以很容易地进行决策的委托和分解。

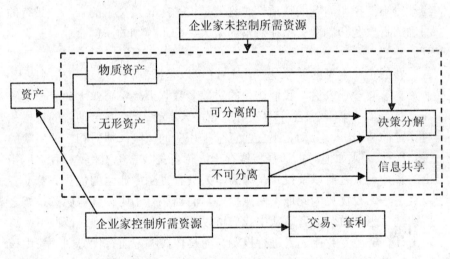

图 3-2　资产类型和相关决策

3.4　新创企业的性质

当我们以企业家为分析的中心，新创企业就被烙上了深刻的企业家烙印。对于每一个新创企业，开始是有一个动机，这时创办者一定对商业运作有自己的蓝图或者商业理念，但是这样的商业理念，不论如何精心设计，它是依赖主观推测的：商业计划，投资策略、定价、竞争策略、聘请员工等，也许部分或者全部是错误的，企业处于经常的调整中，而且调整大部分是被动的。因此，新创企业的性质是：

（1）首先，新创企业是以企业家为中心签约人的组织，企业是创业者实现其人力资本的途径。

第一点我们延续的是阿尔钦、德姆赛茨（Alchhian & Demsetz,1972），以及周其仁（2002）等的研究思路。在创业初期，企业最初的"中心签约人"是企业家，而不是外部投资者。只有当企业家发现了某种能够形成企业的创意并由此发动创业活动之后，投资者的投资行为才能发生，所以企业家是企业的逻辑起点（杨其静，2003）。而且，外部投资者并没有为特定的企业选择和任命企业家的权力，哪怕他们有自由选择投资对象的权利。基于这样的判断，企业家是新创企业一系列契约的创始签约人，处于系列合约的中心，利用其掌握的异质性资源，对契约的形式、产权安排和治理结构产生决定性的影响。

另外，我们也注意到，新创企业在分工不强的约束下，用简单的合约理论不能说明问题的特质性。这就是说，Hart 意义上的合约中具有的明确的责权利和制衡关系在财富约束大、分工模糊的新创企业中是看不到的。

新创企业常见的现象是专业人才（可以是控制销售渠道和控制技术）兼资本家兼管理人员，我们访谈的对象多数强调"小企业中的管理是一件比较简单的事"，甚至于"没有管理，只有管人"。在劳动者的价格相对稳定的情况下，劳动者不会愿意承担相应的风险（他对相应的风险的认知很少）。比如他可以选择将钱存于银行再去找一份工作。如我们所指出的，企业家之所以要投资是因为本人具有资源专业化的优势。劳动者没有这些比较优势因此他不愿意投资，而当他有了比较优势愿意投资之后他就不想再做劳动者。从中我们可以认为：在分工不强的情况下，总是由具有资源专业化的人进行投资。而具体在哪方面有优势则一般由该行业的性质决定，比如在技术含量高或者资本要求高的企业中往往由具有技术背景的人进行投资；在技术要求不高的行业例如贸易，则是具有市场背景的人控制资产所有权。

（2）新创企业是企业家运用一定的认知机制，推测环境状态，预测行动结果，为解决问题而进行决策的组织。

第二点带有非常明显的企业家个体特征。在完全信息和零交易成本的世界里，任何资源（资产）的用途可以在合约中清晰地界定出来。当然，这一点是不可能达到的，尤其在创业阶段。因此，创业企业更多的是一种不完全合约，企业家根据自己的信息从根本上影响合约的性质和内容。当学习活动给优化组织提供有用的信息后，企业资产（资源）进一步提高了专用性，于是企业可以合理地理解为不同代理人之间分散信息的交流。

任何组织都存在理性的因素，但同时也存在非理性的惯例因素，对于新创期企业尤其如此。企业家的认知是运用个人的启发和信念形成的对相关处境的判断。Denzau 和 North（1994）曾经提出一个共享心智模式（shared mental model）来解释认知的心理基础，主要研究参与经济活动的个人依靠某种心智模型如何进行决策。每一个个体都有一种认知能力的禀赋，当他面对不确定环境的时候，可以通过预期和意识来采取行动，这是所谓的主观行动。这种环境的变化会通过信息反馈影响当事人的认知，个人通过其信息加工能力（即人力资产）对这些变化进行评价，从而形成新的预期。如此循环，从而形成了个人认知和环境的一个互动过程。这个互动过程被看作是一个心智的调节过程，也是一个学习过程。在学习过程中，如果环境反馈对同一个心智模型反复认可，心智模型就趋于稳定。当事人在面临这种问题的时候就会启动自己的心智程序，针对环境问题提出某种解决办法。如果解决成功了这种经验就会被累积，并被运用于更广泛的其他问题的解决。运用这类心智程序的个人能力和经验被称为个人型人力资产。如果失败了，个人首先要寻找类似的替代的解决办法，否则，就会尝试新的方法。这一过程不仅会使得自身的心智模型适应环境变化，而且能够促进心智模型本身的演进。

（3）新创企业（组织）是企业家和外部环境的共同演化机制。

在新创阶段，企业家的人力资本的积累和企业组织是互相促进和互相演化的。在创业过程中，企业家的决策过程表现出不同的特征（周雪光，2003），主要表现在：

①决策过程通常不是考虑所有的选择，而是只考虑其中的部分选择；

②企业家对不同选择之间的考虑不是像理性模式所说的那样加以比较评判，而是按照循序成对的方式进行，一旦在循序成对的比较中找到满意的目标，搜寻过程即告结束。

企业家对组织形式的选择取决于技能类型的人口分布，同时也受主流的心智模式的影响，因而一般会去模仿主流的组织形式。企业家一旦偏离了主导的心智模型或者策略形式，他们将面临与组织信息结构或者人力技能不相容的风险，其结果往往是对现有组织形式的一种改良。

3.5 新创企业的边界

对企业边界的研究当然发端于科斯（1937），他提出了这样一个问题：如果市场是非常有效的配置稀缺资源的机制，那么为什么如此多的经济活动在组织内部进行。科斯认为其原因在于不完美信息的世界里存在交易成本。当市场交换的交易成本很高时，通过一个正式组织比通过市场来协调生产的成本更低。由于组织成本的存在，企业最佳边界在于市场交易成本与企业组织成本的均衡点上。

后来的发展很大程度上归功于 Williamson（1975, 1985）的研究。在这一过程中，关注焦点从科斯最初强调的协调问题转向企业边界在激励提供中的作用。

在过去的二十多年中，企业边界的研究突出了能力和异质因素，根据内尔逊和温特（Nelson & Winter, 1982），研究者意识到企业边界的决定因素是企业的动态能力，而且具有路径的依赖性。

张五常是无边界理论的创始者，认为企业边界是模糊的，企业与市场只是一个合约、合约链条或合约结构，是一种合约替代了另一种合约，本质上没有区别，其合约的选择是由交易成本决定的。张五常的无边界论并不是针对企业规模而言，而是企业"契约"逻辑的延伸。李海舰、原磊（2005）认为，企业既有边界又无边界，趋于模糊状态。随着企业边界扩张，可能出现边际成本曲线和边际收益曲线无法随着企业规模的扩大而相交于一点。此时，企业边界不再是指物质边界，而是指能力边界，企业边界的大小，取决于自身核心能力的强弱。

在我们看来，企业理论，特别是关于什么决定企业边界的研究，已经变得非常狭隘地集中于敲竹杠问题和资产专用性的作用。企业是协调和激发个人活动的复杂机制，它们必须处理更多类型的问题，而不只是提供投资激励和解决敲竹杠。敲竹杠问题看来很小，因此边界选择必然是受到了其他因素的驱动。

对于新创企业来说，企业的边界模糊、动态变化只是一种表征，关键是要厘清那些影响企业边界动态变化的因素。

首先，企业家共享心智模式是塑造企业边界的最主要因素。例如，当新创企业通过产业链的延伸创造或者强化新的市场时，是企业家强力推动了分割的市场的整合。企业家在其面临的资源约束下，决定着新创事业的范围。

企业家的"共享心智模式"上，它有如下特点：（1）主观性的。它是企业家的主观认知，代表企业家对企业愿景的描述，目标是什么，准备采取的手段。（2）自身的演进性。随着企业家获取信息的增加，它将更加复杂，原因是主观的心智模式不可能与市场需要完全吻合。在此过程中，企业家面临的可能状况将是：第一，现有的原材料、设备和人力资源等可以基本满足企业家心智模式的需要，这种情况的结果是企业家和资源投入者的外部签约；第二，现有的原材料设备和人力资源和共享心智模式发生冲突，在这种情况下，对企业家来说，引入新的活动和变革对企业家创意的成功非常重要。

具体来说，有两类冲突决定企业的边界：

（1）企业家市场认知的不协调

潜在的资源拥有者不认同"共享心智模式"，他们不愿意投入，结果是推迟了市场外部签约过程，企业家和潜在资源拥有者之间的解释、说服和谈判的时间成本过高也限制了签约（Langlois & Robertson, 1998）。此外，由于企业家担心说服过程会降低了自己对创意的独占，不得不在谈判过程中有所保留，因此，企业家会发现没有任何人认同自己的创意（Aldrich, 1999），他不得不将这些活动内部化。这时，企业的边界是企业家同外部谈判的交易成本过高，从而不得不将创业活动内部化。

吉列公司和安全刀片就是一个很好的例子。吉列发明出的安全剃须刀产品，刀片可以更换，刀柄反复使用，剃须刀的成本也会降低，设计方案相比现有产品确实是一个成功的创意。但是，寻找能够制造超薄和重复使用安全刀片的厂商是决定其组织边界的关键，因为现有的钢铁制造厂家普遍持怀疑的态度。鲍德文（Baldwin, 1951）这样回顾，"从 1895年到 1901 年，吉列坚持不懈地联系各家厂商，他拜访了波士顿的每一个刀匠和刀具商店，后来在纽约和纽瓦克也拜访了一些，……，那些熟悉钢片和剃刀的人越发地不相信，他们几乎全体一致地说在钢铁金属片的边缘不可能打磨形成锋利的边缘"。最后，吉列不得不内部化制造活动，在朋友的介绍下，一个麻省理工学院毕业的机械工程师尼克逊成为合伙人，他们共同建立了美国安全刮胡刀公司。

归结起来，在这里，新创企业的边界决定于企业家预期的谈判成本和时间成本，影响因素包括企业家面临的资源约束和其他潜在进入者的威胁。

（2）企业家市场认知的不完全

首先，认知的不协调是企业家的心智模式能被理解但不被接受，而认知的不完全则是外部资源所有者对企业家心智模式的片面理解。在大多数情况下，认知的不完全导致企业家心智模式直接被否决。例如，特里（Eli Terry）作为 19 世纪初大量生产时钟和分销技术的创新者，在当地人那里得不到理解，"那个愚蠢的人，已经做了 200 多座钟了，他不可能卖那么多，太可笑了"（Murphy, 1966:173）。有的情形不一样，潜在的资源所有者对企业家的心智模式感兴趣，但是缺乏深入的了解，因此，企业家不得不将创业活动内部化。这时，企业家会诉求于谈判和说服，但是，地域的限制和较高的交易成本限制了企业家可能的外部签约，因此，企业家建立新的组织可以看作是对现有产品或市场的替代。

其次，契约资产是企业边界的决定因素。这里，契约资产是指企业的治理结构安排、组织在成长过程中形成的组织经验、在长期经营过程中所形成的商誉和企业形象，以及和价值链中的每个节点企业、社会公众、同业力量等形成的无形协议安排。Baker、Gibbons 和 Murphy（2002）把"契约资产"定义为基于未来关系价值的非正式协议，并认为契约资产的主要特点是"自我履行"，即交易在很大程度上是由参与者自行协调来完成的，没有经过制度、仲裁者等第三方的干预。

不少新创企业在产业链条中，采取与少数独立供应商保持长期的密切关系，这看起来混合了市场和科层的基本要素。显然，这些长期关系在保护专用性资产方面替代了所有权，其中经验效应是其根本的动力。关系赖以运行的关键是相互作用的长期性和重复性。尽管供货契约名义上是一年一签的，但双方都知道业务会持续下去。与重复博弈类似的逻辑支持了这种持续交易，在重复博弈中，未来报酬和惩罚决定当前行动。敲竹杠的企图可能会招致严重的未来惩罚。给予供应商未来的业务量与供应商的表现好坏联系在一起，这一点很重要。外包公司会仔细监督承包商行为——包括成本减少、质量水平和质量改进、总体上的合作态度等，同时，重复的博弈过程使它们能够动态地惩罚和奖励承包商的表现。

总结起来，企业家的共享心智模式和市场认知对于企业边界具有重要的影响，它不仅可以解释多人公司，也可以解释当前激励理论无法理解的一人公司的出现。我们知道，科斯的理论中认为一体化或者垂直一体化决定了企业的组织边界（Coase, 1937），GHM 理论更把一体化作为解决机会主义的一种控制机制。从科斯的单边交易关系，到格罗斯曼、哈特（1986）的双边交易关系，再到后来的金格拉斯（Zingalas, 2000）的多边交易关系，在解释企业边界的扩展问题上延续着同样的逻辑。但是，在很多时候，这些交易关系之外的因素才是决定企业边界的最重要因素。除此之外，在当前，企业和市场的联系越来越紧密，交易链条在延长，生产的非一体化甚至超过了一体化成为潮流。因此，"交易关系"解释陷入越来越狭隘的形势（尽管这些分析有漂亮的数学模型，形式非常优美，但整个市场的交易成本尚不得而知，这是此类模型的软肋）。

威廉姆森（1996）曾经指出，"认知和自利假设在组织逻辑中起到了特别的作用，机会主义实际上已经提供了自利倾向的可能性，不仅包括了战略性选择，也包括了狡诈的选择"。虽然交易成本经济学不考虑非法的行为，但是，组织的行为选择是多方面综合的结果，其中企业家个人的认知具有决定性的作用。

第4章

制度演进与企业家创业的关联

自 20 世纪 60 年代以来，经济学的制度分析逐渐成了现代经济学的一种主流意识，影响并逐渐渗透了新古典主流学派和当代各主要经济学流派的理论思维。正如林毅夫指出，在当代国际经济学界的制度分析中，实际上有三大流派：第一大流派是以科斯、诺斯等为代表的"新制度经济学派"；第二大流派是自 20 世纪 70 年代以来以阿罗（Kenneth Arrow）、汉（Frank Hahn）等一批当代新古典主流经济学家对一般均衡模型中交易费用可能的位置的研究；第三大流派是博弈论（尤其是 20 世纪 90 年代中后期以来才发展起来演化博弈论）的制度分析，代表人物有肖特、杨（H. Peyton Young），萨金（Robert Sugden），格雷夫（Avner Greif）和青木昌彦等人（Young, 2004）。博弈论制度分析经济学家目前所主要努力的方向，是用博弈或其他数理模型把哈耶克的"自发社会秩序"规范化，从审慎推理（Prudential Reasoning）和道德推理（Moral Reasoning）两个维度研究人们的经济与社会行为，并从中研究制度的伦理维度和道德基础。

在介绍了制度经济学尤其是制度演化方面的发展脉络后，我们的分析尝试在中国制度转型背景下演化的制度和企业家创业之间的关联，因为在转型经济中，制度背景对企业家创业过程起了不可忽视的影响。

4.1 制度如何嵌入到企业家的创业活动中？

经验事实表明，在转型经济国家里影响企业家精神的性质和状态的决定性因素是外部环境，特别是在那些市场化改革较慢的国家尤其如此（Smallbone, 2001）。诺斯的理论侧重于外部的政治、经济、社会舆论对于个人行为的影响，进而从正式或非正式制度的角度来评论他们。他将制度看成一个社会的激励制度框架，将他们更具体地定义为社会中的游戏规则，或者更准确地说，就是人为制造出来的约束条件，以此来形成人类社会的活动。正式的制度中包括与政治和经济相关的惯例和法规，非正式制度包括行为规范、价值观和道德规范，即在某一个社会里深深地嵌入的人生观和精神的感知，还有如诺斯所说的，非正式制度来自于多年流传下的信息，作为一种人类的遗产，我们称之为文化（North，1990）。

非正式制度和正式制度是相互依赖的。可以说，非正式制度是从正式制度中得到的，并且正式制度又不停地在修改。例如，在各种法律框架中都包括使法律可以实施的外部规则。随着时间的推移，人们对这些社会规则的盲从使得这些规则能够被实现。非正式制度可以弥补法律的空隙，特别是需要运用法律和规则来调节日常生活时，非正式制度的作用会十分地明显。更重要的是，非正式制度可以巩固正式的制度框架。虽然法律的制裁在实施一项新的游戏规则时将发挥重要的作用，例如对违法行为的处罚，但是这些手段是远远不够的。因此，在形成企业行为的非正式制度中，信用、信任和文化等因素扮演了十分重要的角色，一个社会的稳固的制度结构需要靠个人信用和社会共同的价值观来维系。

关于创业的研究可将企业家个人行为放在制度嵌入和制度压力——反应的角度进行。周业安（2002）指出，嵌入性对于制度演化的研究是制度研究中的一个新的亮点①。章华（2005）也提到，企业家不能单纯假定为理性的"经济人"，而是受到嵌入的社会关系对其的影响，从而影响了制度创新和制度演化②。

在制度嵌入的背景下，维特和梅耶（De Wit，2004）认为企业家创业是一个投入和产出的统一体，投入包含了创业者的技能和素质，产出则视为竞争性的过程，两者的结合则承载为将企业家的创业动机和行动付诸实践的企业。企业家精神是一个多层次的概念，第一个层次是个人层次，在此层次上表现为个人的作用、特性和行动，以及与此密不可分的学习能力与行为（Pedler, et al., 1998）；第二个是厂商层次，第三个是行业的总体层次。

在转型经济条件下，企业家的学习过程和外部环境是一个互补的、相互作用、相互影响的过程（Berger，1966）。斯凯思（R. Scase，2003）

---

① 周业安：《制度嵌入与制度演化》，载于汪丁丁主编：《自由与秩序》，中国社会科学出版社，2002年版。

② 章华：《网络中的制度创新过程》，载于《制度经济学研究》（第6辑），经济科学出版社，第119—139页。

根据传统的创新意义上的创业者中区分出转型经济条件下的食利者（Proprietorship），具备创新精神的创业者的目标倾向于资本的积累和绩效的改进，而食利者作为资产的所有者，可能将采取"逃避战略"将所赚得的利润转移或者消费掉，而不是用作更长远用途的资本积累，在这种情况下，食利者的动机不再是追求市场机会、创新和不确定性，而是为了即时消费或者维持更高的生活水平。根据 Scase 的观点，在经济转型的初期，食利者而不是创业者更好地描述了小企业行为的特征，从宏观层面上，尽管这类小企业提供了就业和福利，但是对经济发展的贡献意义不大。

因此，在转型经济中，制度对单个企业的影响并非都是一致的，企业家地位的不同会导致它选择的制度背景不一致，企业家会根据自己所选择的制度环境选择各自的行为方式和创业方式，也就是说，制度环境影响企业家的定位，不同的定位导致的行为也不同。

1995 年，斯科特提出了用于企业家精神的制度分析的三种范畴，把制度划分为管制制度、规范制度和认知制度。管制制度由"外在的管制程序：规则、监督、批准和制裁活动"组成，很明显，它与管制主体、现存法律和规则有关。规范制度指在社会生活中必须遵循的惯例和约定俗成，行为人应该义不容辞地履行。认知制度指代表影响企业家精神的文化支持习惯（Scott, 1995），包括历史、文化、意识形态和社会认知（Doucouliagos, 1995）。

运用上述框架，将制度和中国背景下的企业家创业联系起来，可以有下列理解：

表 4-1　制度嵌入与中国背景下的创业

制度嵌入	转型初期	转型后期
管制制度	企业家创业和社会主义信仰是相悖的	企业家是"社会主义市场经济建设的重要组成部分"
	私有产权和企业家方面法律的薄弱，执行机制也是初步的	中国建立起不少法律，逐步完善执行机制以保护产权
规范制度	中国社会对企业家的认知基本上是负面的，因为当时没有明确的产权	企业家在社会上赢得更多的尊重
	企业家必须承担大量的社会义务	被动的义务逐渐转变为主动的责任
认知制度	容易自我满足、服从和风险规避的文化，风险投资和种子基金大部分由政府出资	海外归国人员、具有管理经验的人开始在企业家中崭露头角，创业似乎成为一种热潮
	企业家作为一种职业，还没有获得社会地位	企业家的社会认知发生急剧的转变

注：根据 Kshetri（2007）进一步整理。

总之，"新制度经济学派"的一个重要贡献就是在于解释企业家精神和企业家行为时强调了制度因素。这一概念使人们的注意力转移到了公司行为的嵌入性上，其中包括正式的法律和政治框架，还有行为规范、道德规范和价值观。但是，这种研究方法也有一定程度的缺陷。例如，制度理论用一种相对静态的观点来解释，在环境中不断发展的现象如一些企业家行为，这些行为随着时间的变化由对企业经营环境的简单反应到复杂的多目的战略行为（Yan Aiming and Manolova, 1998）。从制度理论的角度看，企业家行为被理解为对不完善的正式和非正式制度的一种反应，但对于解释复杂行为只留下了非常小的空间。

4.2 博弈与制度演进

在制度博弈的分析方法中，制度概括为关于博弈重复进行的主要方式的共有信念的自我维系系统（青木昌彦，2001）。不同于博弈规则论的观点，制度博弈观认为博弈规则是由参与人的策略互动内生的，存在于参与人的意识中，并且是可自我实施的。

博弈规则可以由参与人能够选择的行动以及参与人决策的每个行动组合所对应的物质结果来描述。关键在于，制度标示了能被预期到的个人或群体行动的结果。它通过引入新的参与人，改变参与人获得的信息，或者改变某些行动报酬来影响行动。制度以一种自我实施的方式制约着参与人的策略互动，并反过来被他们在连续变化的环境中的实际决策不断地重复地生产出来，这样，制度与参与人的特征共同演化。

值得注意的是，参与人行动的集合称为博弈的域，每个参与人设想博弈在一个固定集合的参与人当中进行，每个参与人面临一个技术上可行的行动集合，所有参与人选择的行动组合决定了每个参与人的报酬。那么，每个参与人通过重复博弈来推断别人的决策，以决定自己的最优行动。重复博弈的结果，参与人对博弈进行的方式和结果形成大致的认知，于是制度对应了几乎所有参与人的均衡认知以及由此生成的信念，因此，制度是由"有限理性和具有反思能力的个体构成的社会的长期经验的产物"（Kreps, 1990），从这点意义而言，制度是内生的，参与人不能忽略它，它对人们的策略选择构成影响，它是"被作为客观事实来经历"的（Berger, 1966）。正是制度的双重特性，使得制度可以在多样化的基础上进行某种程度上的模式化。

在制度演进的情况下，均衡制度安排可能不是最优的，它们由产生于各交易域的相互依赖的制度要素构成，这些域包括国家、交易场、金

融、产权界定、合同实施和社会习俗等，在转型国家经常看到这样的制度组合的实例：

①促进或者阻碍创业的国家型态；

②专业化供应商网络的不足；

③血缘或者亲缘网络；

④第三方法庭实施不力等。

这些制度多样性的共存，使得转型国家的制度处于不断的演进过程中。

因此，在演进制度的框架下，差异化的参与人居于主导地位。新创企业不同于成熟企业，具有高度的不确定性和存续风险；无论从机会的识别、整合创业资源，到创立一个具有市场获利能力的企业，企业家都处于中心地位。此外，无论将企业家视为套利者、创新者还是风险承担者，其中都包含一个共性的问题：企业家首要的是发现和掌握关于市场获利机会的稀缺信息和知识，根据他们对信息的认知形成自己的行动决策规则，即使是以一种不完备和浓缩的形式形成。企业或者参与人面临一个技术上的可行的行动集合，它决定了每个参与人的报酬分配，给定制度的博弈特征，参与人都试图使其报酬最大化。表 4-2 列举了新创企业和成熟企业（以上市企业为例）的契约安排的典型特征。

表 4-2　新创企业和上市公司的契约安排

类型	组织结构	公司治理	金融制度	雇用制度	产品市场	供给关系	产权规则	国家规范
新创企业	扁平，多样化，动态演变	激励人的复杂机制	阶段融资、啄序融资	较高流动性、期权	大客户依赖	大客户依赖	长期交易中的约束	友善对待创业企业家，程序繁琐
上市公司	职能等级	委托代理	证券化	效率工资、人力资源激励	拍卖人	拍卖人	事前的合同与事后的法院实施	体制偏好

注：根据青木昌彦（2001）进一步整理。上表中的比较范畴根据青木昌彦的划分，但是在具体内容的比较上根据中国企业的实际进行了一些修订。

成熟企业的组织结构遵从"公司法"，董事会被赋予控制权，赋予经理层经营权，协调不同层次经理和员工的活动，人事安排已经程序化。外部的股票市场与上市公司的效率是互补的，企业在产品市场上具有一定的驾驭能力，依靠拍卖机制确定交易对象，同时，国家正式制度（规范）向上市公司倾斜。

新创企业体现出来的特征相对不稳定，在后面的研究中我们将把它

逐步勾勒出来。

4.3　制度演进与企业家创业

尽管交易域在世界范围内差异相当大，但是我们仍可以把它划分为两种。第一种是基于关系的、个体化的"关系型交易" P，第二种交易域是基于规则的、有第三方执行机制的交易模式 R。这两个域之间是联结的，某个域实行的制度通过改变另一个域的制度参数而影响企业家的决策，用 $x_i=\{1, 2\}$ 表示企业家的参与集合，$A_i=\{a_i\}$ =参与人 i（$i \in N$）行动的技术可行集，互动的结果是可观察的，用 $\Omega=\{\omega\}$ 来表示。假定企业家根据个人的行动决策规则 $x_i : \Omega \to A_i$（$i \in N$）映射选择一项行动，即：$\alpha_i(t+1) = s_i(\omega(t))$，表明企业家根据前一期行动可观察的后果选择下一步的行动。

参与人各自的报酬函数是：

$$u_i = u(i \in P)$$
$$u_j = u(j \in R)$$

在上述域的表达式中，我们进一步考察创业企业的成本 $c(e_j)$，e_j 是一个向量，表示成本由企业无法控制的环境状态联合决定。即使在有限理性的情况下，企业家选择使得净收益最大，有以下条件：

$$c'(e_j) = \frac{1}{2} \frac{\partial E[V(u_i, u_j)]}{\partial e_j}$$

每个参与人预期收益最优的问题转化为：

$$\max\{\frac{1}{2} E[V(u_i, u_j)] - F(t : u_i, u_j) - c(e_j)\}$$

其中 $F(t : u_i, u_j)$ 代表 V 的随机分布函数。

最初，在图 4-1 的时间 P_1，从事关系型交易的成本很高（在点 A）而且收益很低（在点 B），因为企业需要建立起社会关系网络。当交易的规模、范围和种类扩张，每笔交易的成本就会下降（从 A 到 C 然后到 E）并且收益上升（从 B 到 C，最后进一步到 D），因为机会主义的威胁被限制到这样一个程度，即只要有需要，非正式制裁就会被用于反对机会

主义者。在这里，正式的、基于规则的第三方执行机制是没有需求的。

然而，经过时间 P_3，这种交易模式的成本会逐渐超过收益，因为"交易的数量与种类越多，必须制定的协议类型就越复杂，而且越难以达成"。特别的，考虑到复杂经济体系中的交易扩展，企业家能够形成的网络联系的数量和强度都会受到限制。结果是，在时间 P_3，当成本和收益曲线到达它们的拐点的时候，关系型交易的极点就会出现。过了 P_4，成本有可能逐渐超过收益。

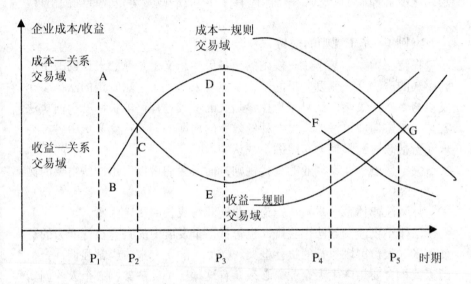

图 4-1 制度演进与企业成本/收益的相关模型

随着经济的扩展，交易的规模、范围和种类的上升就会要求通过正式立法保证的第三方执行机制。如图 4-1 所示，开始企业家每笔交易的成本很高，因为建立和完善正式制度的成本很高；但是，随着时间的推移，第三方执行机制有可能会变得有利于拓宽市场，原因在于先前被阻拦在交易之外的不熟悉的参与方有了足够的信心和彼此进行交易以获取复杂交易的利益。然后，新的支持市场的正式制度通过降低交易成本可以吸引更多新的进入者，这样一来，收益会得到进一步扩张。

变迁开始于 P_1，在此时基于关系的交易成本开始下降而收益开始上升，原因在于经济前景在重构过程中许多的机会会显现。与非正式交易相关的历史经验也可以给这种交易方式提供合理性基础。在这一过程中（特别是 P_2 和 P_3 之间），许多企业在生存和成长时为了克服制度上的不确定性，他们会采用一种建立在私人信任关系和非正式协定上的关系网络策略。然而，在过了拐点 D 和 E 后，交易在规模和范围上的扩张逐渐要求正式的制度上的机制来支持不断变得复杂的交易结构。但是在 P_1

和 P_3 之间的这段过成是很长的，而且其变化也是渐进式的。

4.3.1 正式规则下的交易

正式规则包括政治规则、经济规则和契约等。它由公共权威机构制定或由有关各方共同制定，对个体和企业行为产生强大的影响力。它代表了国家或者社会的正当秩序，人们发现，将社会的隐含规则明晰化、形式化能够控制"失衡成本"，因此有法律、政府政策等正式规则的出现。

案例1 基于规则的交易

在转型国家，基于正式规则的交易更多意义上是精心设计的改变博弈形式的产物。在制度分析的博弈观点看来，颁布一项制定的法律会诱发参与人新的策略，结果表现在参与人的决策过程可能被制度引向执法者预期的方向，也可能产生一种低效率的均衡，因为在交易域中各参与人（包括政府）只拥有有限的主观认知。

关于影响企业家创业的正式规则方面，我们可以举出一些主要的例子。

（1）法律体系一贯被认定为企业创业与成长的决定因素。

法律不仅涉及到法律法规，也包括一个发展中的具有执行能力的、使大多数人员可以执行的执行框架。OECD 的研究报告经常强调，一个国家或社会要想产生大企业家必须要有这样一个经济架构：个人的创新精神能够在法律的层面上得到最大的保护。这是因为企业家在创新的时候，肯定会对以前建立起来的、被认为是天经地义的思维方式和行为方式进行某种程度的破坏。也就是说，当一个企业家表现出与他同时代人不同的行为方式和思维方式的时候，这些行为方式和思维方式最初通常不能被社会所接受、甚至会引起某些震荡，这时，如果有一个稳定的法律架构，那么尽管有人不太喜欢这些企业家的创新行为，但这并不妨碍企业家的创新之举。

从企业准入制度看，创业程序的繁琐与否，直接影响创业过程的难易。例如西蒙等人（Simeon Djankov, 2002）考察了 85 个国家创业者从申请注册企业到真正开业需要的成本和时间，发现加拿大只要经过 2 个注册程序，2 个工作日，成本指数 0.0145，香港需要经过 5 个注册程序，15 个工作日，成本指数 0.0333，而中国需经过 12 个注册步骤，92 个工作日，成本指数 0.1417。上述制度障碍还体现为那些各式各样的行业准入审批、对市场的行政管制，还有许多灰色和朝令夕改的规章。这些都拖延了创业时间与交易速度。当然，对中国的实践来说，在创业程序上存在地区差异，在北京、深圳、上海等地有较为"成功的"高科技园区实践（李新春、宋宇、蒋年云，2004）。

（2）对于创业融资来说，融资制度的安排会对创业者产生不同的激励。

新创企业并不需要太多的资金就能够建立起来，但同西方国家相比，我国创业企业的资金门槛仍然偏高。尽管金融系统推出了各种措施，包括创业板、担保、专项资金等，然而，创业者极难得到银行的支持。这几年中小企业发展迅猛，表明目前中小企业从非正规渠道的融资量非常大，创业者普遍寻求非正式债权、股权市场融资，表现出以下特点：民间借贷发达；家族、社区、同学等关系是融资的信誉基础；存在私募基金、地下钱庄、汇款、兑换、咨询等有效率的专业中介服务、有独特的处罚制度安排等。

（3）税收法规和其他商业法规的频繁变化是转型的特征。

为了鼓励人们创业在税费方面形成了诸如财政补贴、税收优惠等制度措施，例如，为了帮助失业者自谋职业，鼓励他们开办小企业以减少失业，我国各地普遍规定了税收优惠以及社会保障金措施。但是，由于不少地方政府的政府职能转变滞后而难以落实，过高的税费可能会打击企业家创业的积极性，从而抑制一个地区经济的活力。

案例2　非生产性的创业

在一个不稳定的环境里，企业家调配资源时会寻求一些替代的方式，以应付政策不确定组成的约束条件，有了非生产性的创业精神。

前面提到的斯凯思（Scase）所认为的，为了即时消费或者维持必需的生活水平的食利者创业（Proprietorship）可以划归为非生产性创业的一种概念描述。

（1）非生产性创业活动的表现之一是逃税。

例如在转型初期的东欧，创业者建立一个（或一系列）空壳企业来逃避税收。在成熟的经济社会运用空壳企业来避税是很普遍的，但是在转型国家却有不同，尤其是在这些市场化改革进展缓慢的国家（如白俄罗斯、乌克兰、俄罗斯等）。税收体系的频繁变化和高税率相结合，迫使企业家使用逃避战略，以减少税款，保护企业自身的收益和资本。

（2）非生产性创业活动的表现之二是寻租。

企业家资源在社会的各个发展阶段都是存在的，问题是不同社会制度为企业家资源提供的机会不同，如果社会制度为企业家资源的非生产性应用甚至破坏性应用提供比生产性应用更高的报酬，企业家资源就会被引离生产用途。其原因一是转轨经济中存在的"裙带主义"；二是买方向卖方直接实施贿赂。两者经常会在同一次交易中同时存在。如果缺乏适当的外部约束，"裙带主义"和腐败行为也会建立起声誉。

Vatuhi Tonoyan 和姚明龙（2005）在一项新兴市场经济和成熟市场经济的比较研究中，对于信任度高的社会腐败率低的传统论点提出置疑，认为在新兴市场经济国家指向朋友和血缘亲属的信任属于"特指信任"，它体现了信任的"黑暗面"，提高了私营经济参与商业贿赂的可能性，企业家针对公务员的信任也会助长腐败行为，这样，在特指信任高，而普适信任低的环境下，企业家建立的涵盖朋友和亲属的商务关系网，成为腐败滋生的温床。

（3）非生产性创业活动的表现之三是灰色经济。

灰色经济可以被理解为对现存政治制度和正常经济活动规则的合法性的一种透支。它的手段包括非法集资、假冒伪劣、欺诈、走私、洗钱等。其结果是资源的不合理配置和国民财富的流失。

图 4-2　三方交易的报酬结构

	合作	逃避
合作	$2t+T$, $\Gamma-\Delta$, $\Gamma-\Delta$	$2t+T$, $\Gamma-\Delta$, $\Gamma-T-c-\Delta$
逃避	$2t+T$, $\Gamma-T-c-\Delta$, $\Gamma-\Delta$	$2t-c$, $\Gamma-c$, $\Gamma-c$

我们发现上述两个案例具有内在的逻辑一致性，分析如下。

假设政府的作用是逐渐减轻制度环境的约束，期间花费成本 $2t$，$2t$ 必须向企业家和个人筹集，这样，企业家的效用为 Γ，但必须承担税收支出 t。以政府向企业产出中征税为例，自身获得 T 的收益，企业家的行为有合作和逃避两种。三方博弈的结果如图 4-2 所示。

企业家逃避的成本为 c，它不依赖于另一个企业家是否合作。如果企业家合作，能够节省成本 c，但是必须承担政府行为引起的效率损失 Δ。

如果 $\Delta-c \leqslant 0$，企业家的最优策略是对政府的行为采取合作的态度，策略组合{合作,合作,合作}成为一次性博弈的纳什均衡结果。

如果 $\Delta-c > 0$，即政府行为导致的效率损失大于企业逃避的成本，企业愿意向政府支付贿赂，或者表现为其他非生产性行为，于是策略组合{贿赂和非生产性行为,合作,接受贿赂}成为一次性博弈的纳什均衡结果。

当然，在第二种情况下，企业虽然存在着成长的机会，但是，他潜在的生产性活动由于政府行为而无法得到充分动员，那么企业家的努力将低于最优水平。

4.3.2　非正式规则下的交易

在转型经济中，当正式制度失败或者不完善，或者是当一部分社会团体被主流社会所排斥时，关系型交易机制发挥了重要的作用。后者主要包括个人信任、交易者社会规范、价值观念、风俗习惯、道德约束等，它是得到社会认可的行为规范和内心行为标准。限于篇幅，我们不可能对每一种治理机制进行分析。但是，无可否认，关系交易域不仅在转型经济，也在发达市场经济中发挥作用。

案例3 在关系网络中的交易

我们先看一些事实。

比如，在传统产业，中小企业创业的显著特点是基于个人信任与少数独立供应商保持长期密切关系。它降低监督成本、增加签约次数。随着非一体化的增加，管理契约看来已变得更加精细，它们将企业置于关系网的中心，而不是看作一组界定明确的资本资产的所有者。

再比如在新兴产业，例如生物技术产业、计算机产业，各参与方的活动高度相关，不同企业在不同产品的开发和营销上起着专门作用，企业大都处于广泛的伙伴关系之中。

企业家的关系网络成为企业家创业机会的主要来源，企业家社会关系网络越是发达，能获得的创业机会信息与决策支持信息就越多，质量也越高，企业家本人就具有更高的风险承担能力与倾向，更容易开展创业活动。

我们认为，交易域内第 i 个企业家个体，可以通过其在群体内获取的网络 N 得到收益 R_i，显然 $dR/dN > 0$。网络资本由个体行为 iR_i 和网络群体习俗 h 决定，即 $NR = N(iR_i, h)$。

企业间网络的成本 C_i 表示为：$C_i = C(IR_i, h)$，h 代表企业间网络形成的约束，约束越强，机会主义的可能性就越小，即 $dIR_i/dh > 0$；另一方面成本就越大，即 $dC/dh > 0$。企业间网络的净收益表示为：

$$nR_i = R_i - C_i = R[N(iR_i, h)] - C(IR_i, h)$$

由于 IR_i 导致 R_i 和 C_i 单调同向变动，因此 nR_i 是可收敛的。$Max nR_i$ 的一阶条件是 $R_i - C_i = 0$。从短期来看，可能会使净收益 nR_i 超过均衡值，表现为企业间网络成为专业化投资的一部分得以维持。但是从长期来看，模型的收敛性也说明，潜在的问题是因惰性而导致的潜在损失，当网络内创生的有效率的互惠关系减少，从而可动员的总的网络资本不足，以致其成员无法满足新的需要时，以及当对互惠关系及其复制的维护的强度不足，企业间网络的价值会迅速贬值，最终导致该网络群体的瓦解。

在上述框架下我们可以看看创业者的策略选择,在转型阶段的初期,那些拥有丰富资源的创业者更多地依赖网络和"强"关系创业。关系网络进一步可分为两个层次:一个层次是纵向网络上与政府官员的关系;一个层次是横向网络上与供应商、客户的关系。在转型经济的前期,企业家更希望通过纵向网络获得创业和发展所需的资源,抵消制度不确定所带来的负面影响。

随着市场化进程的深化,到转型经济后期,企业家通过政府关系指向的资源获取能力呈递减趋势,而企业与供应商间的网络在创业和经营中的作用越来越大,企业家正是通过调动自己所拥有的社会关系网络,运用其中蕴涵的社会经济资源,解决创业过程中的难题。但是,在中国创业背景下,企业在成长的不同阶段有不同的信任表现形式,在创业初期,血缘或亲缘关系是产生信任的基础,在家庭小团体信任的基础上建立家族信任,对非家族成员的信任则很低。这种信任的差异导致了激励约束的差异,从而使激励在原有网络的开放和效率的提高等方面存在一定的困难。

4.3.3 作为战略意义上的企业家:推动制度的演进

把企业家创业放在一个制度环境和个人行为互动的角度进行分析将更好地揭示企业家的战略特征。在战略意义层面上对企业家的理解是:作为所有者,在微观层次上,他不仅仅设计、成功创建或主动地、独立、负责地领导一个企业,更表现为对现有产权模式和控制模式的创新,同时,在宏观层次上用他的行为推动经济转型的进程,他本身就是改革者。

在前面提到两个域中,每个企业家的效用函数分别是 u 和 v,每人有两项关于制度的选择,即 $(\Pi*; \Pi**)$ 和 $(M*; M**)$,对于所有的 i 和 j,有下列条件:

$$u(\Pi*; M*) - u(\Pi**; M*) \geq u(\Pi*; M**) - u(\Pi**; M**)$$
$$v(M**; \Pi**) - v(M*; \Pi**) \geq v(M**; \Pi*) - v(M*; \Pi*)$$

上述条件是在 Milgrom、钱颖一和 Robert 的基础上发展起来的超模博弈条件,意味着每个参与人的决策是完备性网络,每个元素互相补充,即非递减的,也就是说 i(1)增加其决策变量值的时候,i(2)增加其变量值是有利可图的。因此,当 D 域的企业家面临的制度环境是 $M*$ 而不是 $M**$ 时,他们选择 $\Pi*$ 而不是 $\Pi**$ 的边际收益增加;同样,G 域的企业家在制度环境是 $\Pi**$ 的条件下选择 $M**$ 的边际收益增加。将以上条件由静态模型扩展为动态模型,设定 θ 和 η 代表企业家主观博弈形式的特征，对其效用产生影响，例如企业家对环境、政府政策、人力资本水平等的认知，很明显，每个企业家的预期效用函数对自身变量和参数是距离递增的，考虑时间动态因素 t，参数值的变动符合：

$$\theta(t+1) = \Phi(\theta(t), \eta(t), \Pi(t), M(t))$$
$$\eta(t+1) = \Psi(\theta(t), \eta(t), \Pi(t), M(t))$$

在 $t > s$ 的情况下，某次外部政策变动发生了，使得参数值必然增加，由 Φ、Ψ 的递增性，对于所有的 $t > s+1$，有 $\theta(t+1) > \theta(t)$，$\eta(t+1) > \eta(t)$，我们可以得出将会有制度从 $M**$ 向 $M*$ 转变。在制度变迁阶段的初期，由于企业家自身积累的不足，政府规制环境不理想，制度参数太低，制度 $M**$ 和 $\Pi**$ 一直占据主导，随着时间的推移，制度参数不断改进。当累积性的因素导致参数值足够大时，一种新的制度结构 $(\Pi*, M*)$ 就可能出现。在前者的情况下，企业家参与人尝试一些试验性和创新性的决策（例如下面的案例4），但这些决策可能不会被社会知道，或者因为特定的社区差异，对大多数企业家的预期和决策规则不会发生影响，因此，他们的创新停留在具体或者微观的层面上。如果大多数企业家的主观博弈结构在外部冲击下开始做出反应，导致普遍的制度危机，那么他们将努力使得新的决策规则成为全社会参与人的共有信念系统，这时，制度变迁就会诱发出来（例如下面的案例5）。

案例4 企业家推动新制度的形成

由于转型国家正式制度的不完善，企业家和其他行动主体参与到制度的演进中，在博弈过程中，各参与人为了获得最有利的结果，会有意识地通过知识创造、交流、学习和模仿等来影响他人的信念，从而构造出部分共有信念，凝结成新的制度。

企业家的行动典型是参与地方甚至国家制度变迁的进程，他（她）本身就是改革者。关于中国私营企业的跟踪调查已经表明，在私营企业创业与成长过程中，存在着几个明显的趋势：业主的文化程度越来越高；开办企业以前所从事的职业对从业者的个人知识水平、技能水平和管理能力水平的要求越来越高；在开办企业前担任职务的业主越来越多（中国私营企业研究课题组，2007）。他们中的不少代表人士，不断进入各级人大、政协，获得较高的政治地位和社会认同，为私营企业不断呼吁"改善经营环境"。

1988年以前，私营经济在政策上一直没有得到明确的肯定和认可，创办私营企业在政治和社会舆论上不是很光荣的事情。1988 年 6 月的宪法修正案正式承认了私营经济的合法地位，从 1993 年起，私营企业获得了前所未有的高速发展。

随着大量私营企业的出现，政府在竞争压力驱使下，开始了对国有企业的制度创新。例如，从企业治理结构的形式上看，股份制公司基本达到了两权分离的"一般性要求"，但之后的经济绩效表明，企业制度创新的"理论绩效"并未变成现实，制度建设和经济绩效的强烈反差促进了人们对转轨过程的反思。

政府已经意识到了宏观经济制度建设与企业制度创新之间的关联性关系。由此，开始强调发挥有效政府的作用（胡家勇，2002）：

第一、保护所有权；

第二、保证竞争条件的平等；

第三、保护经营自由；

第四、划清政府与市场、与社会的界限；

第五、政府提供公共品。

因此，正是私营企业的创业和迅速成长促使了中国产权制度和国家型态的创新。

浙江昆山的"跨界治理"是外资企业介入地方制度变迁的典型（柏兰芝、潘毅，2003）。昆山地区从 20 世纪 80 年代开始在外资，尤其是台资企业的带动下，以外向型产业主导了地方经济的快速增长。总计台商多年来在大陆的投资，有十分之一落在了昆山。那些先行者在创业初期与当时昆山地区存在的许多不合理的制度有过激烈的摩擦。伴随台商的增加，昆山成立了全国首家县级市台湾同胞投资企业协会，串起台商和台商之间的纽带，并且组织化地成为政府与台商之间的桥梁。台协会与政府的频繁互动，累积了其参与制度创新的基础。他们的努力为其后来昆山投资的台商减少了许多困难和障碍。在其制度创新的过程中，台商扮演了十分重要的角色，昆山有利于创业发展的制度环境是在政企互动的过程中逐步演变的。

案例 5　新的创业形态——公益创业

1. 定义

公益创业是企业家乐于承担社会责任，弥补市场失灵或者政府失灵。企业的运行对员工和社会负责，不损害公众利益，例如环保，给员工劳保等。这样的企业家被称为社会企业家（DTI，2002）。他们以企业的方式投资公益事业，以企业家的创新精神，投资运营社会化资本，追求社会效益的最大化，为了一个社区的共同目标，解决社会和环境问题，为社区提供就业、培训机会和地方公共服务设施。

　　社会企业家并不是高不可攀的人物，相反，他们更多的是非常普通的人，其中有教师、医生、律师、记者等。例如美国的 J. B. 施莱姆帮助上千计的来自低收入家庭的中学生进入大学；南非的维洛尼卡·霍萨探索出一种以家庭为基础的艾滋病病人护理模式，改变了政府的卫生医疗政策；巴西的法维奥·罗萨的计划使得边远农村居民用上了便宜的电力，并使巴西无树大草原的环境得到保护；美国的彼尔·德雷顿则创建了一个类似于风险投资基金的"阿育王"的组织来资助和支持社会企业家（伯恩斯坦，2006）。

　　这些社会企业家做的往往是政府和企业相对忽视或者相对失败的领域，他们往往没有权力，没有金钱，但是他们靠自己的理想、热情和坚韧，凭着他们的决心和创造精神，从而作出了非凡的成就。

表 4-3　公益创业的类型

类型	法律形式	基本目标	运作模式	特点
商业性公益创业	公司	增加社会价值，减少对环境的破坏	区域或者国家规模，成立中央机构，有统一的标识、运作程序和标准，类似于特许经营模式	
社会福利企业	福利组织下属企业	为残障人士谋福利	非政府组织开办及经营企业	以雇佣形式聘请聘用来自弱势群体的员工
合作型公益创业	合作式企业或者组织	合作互助	由成员组织合作建立，并以民主方式管理的组织，合作社模式	部分由非政府组织协助成立，但并非附属于非政府组织，合作社成员负责社会企业的管理及运作，强调集体参与及成员的平等权利
社区型公益创业	合作社或者企业	减少失业、环保等特定目标	以社区为本，更进一步承担推动社区可持续发展的使命	特别强调社区参与及可持续发展

资料来源：作者根据现有文献整理。

公益创业的存在是为了更长远的社区或者环境目标，它运行在国民经济的各部门中，通过企业社会投资的方式来提供公共品，大规模解决社会问题。因此，社会企业首先是一个企业，创造利润是其当然目标，但首要的目标是用有限的金钱为更多的人群做事，以创新的方式来解决社会弊病，树立新的模式来创造财富，促进共同繁荣，并且修复环境。他们与一般商业企业家的差别在道德责任心。

许多社会企业的案例都发现了这一点。在社会企业家们生活中的某一时刻，一个实现某种变化的想法在他们的头脑中扎下了根，一定要由他们来解决某一个特定的问题。他们都是因为对别人的"痛苦"达到了无法忍受的程度，而不得不自己采取行动去改变那种状况。社会企业家以创造社会价值为使命，他们所追求的，是常人难以理解的、其本人心中对于一个新世界的梦想。

公益创业的组织类型多元化，主要分为"公司型"、"合作社型"及"社区型"等几种类型。

公益创业是为了广泛的社会和环境目标，可以分为以下几个层次：

①就业目标，能够最广泛地支持就业的，对于社会企业来说，是扩大弱势群体的就业；

②对弱势群体提供产品和服务的支持，主要针对残疾人、儿童、老年人、病人、失业者、女性、无家可归者、酗酒、吸毒者等，服务的方式除了提供必须的生活用品外，还有意识地进行初级商业服务，内容有培训、社会援助、提供住房、护理、社区文化中心、商业咨询，其中培训是最多的方式；

③绿色环境目标，大多数具有环境责任的企业介入到废物再利用和资源的可持续利用中，将经济发展与环境联系起来；

④最高层次的社会目标，改变人们的行为模式和观念，将其理想传播到整个社会，形成相当的社会影响。

为此，我们建立了一个基于道德基础的社会企业创业过程框架，如图4-3所示。

（1）社会企业家在市场上与所有其他人进行竞争，但是他首先被一套社会目标所激励；这个目标的形成经历特定的环境，贯穿个人的经历，最终社会的需要和机会等因素交汇在一起，社会企业家采取决定性行动，实践创业理念。

（2）这些社会企业家发现新的过程、服务及产品，用创新的方法结合旧有的方式以解决复杂的社会问题；社会企业需要赢利，有的企业甚至赢利数额很大，但是个人的赢利是次要的。

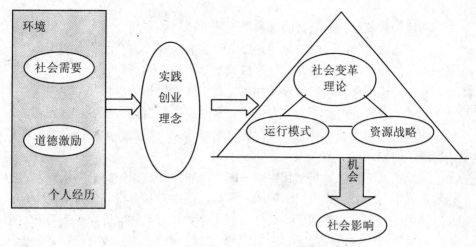

图 4-3　社会企业的创业过程

（3）社会企业家创立变革的组织（或企业），募集各方面的资源，投入商业机能、技术、研发到革新的领域，企业还要有必要的监督机制，确保企业向既定的方向发展。

（4）社会企业具有的社会影响力越大，市场给予社会企业家的评价就越高，吸引或多或少的社会投资投入到更具有革新性、更有效率的企业上。

2. 公益创业的行为特征

愈来愈多的社会企业家用盈利实体的方式设立非盈利机构，因为这是一个可以达到愿景的最佳策略，他们并不排除现有的经济模式，但是社会企业家务实地了解市场经济的限制，以及坚持发现让穷人可以参与的新的市场机制。

（1）资源募集——整合金融资源和人力资源

不少社会企业家会发现，他们面临的最大问题是，有限的资源约束下去完成大的变革，需要有资金和志同道合的人一起实现其目标。他们面临最大的困境的时期，不仅仅是在启动理想的初期，更多的是当他们开始大规模扩张的时候，所需要的资金缺口最大。正是因为社会企业在非盈利活动中，小的问题例如缺乏资源、基础设施不足、管理能力欠缺等都被放大，因而在寻找建设性的解决办法，整合各界资源方面就显得更加迫切。资源主要包括金融资源和人力资源。前者一方面来自社会福利部门、企业或社团捐赠、贷款、贷款担保等，这些资金都是为了特定的社会目标；另一方面，社会企业通过直接生产和出售本身产品或代理相关产品，赚取一定的经费来完成企业的社会目标。后者是现代社会企业越来越倾向的资源募集方式，具体有以下几种：

①从各级政府项目的外包中，获取相当的利润；

②通过政府提供的经费，服务社会和企业，向企业收取费用；

③得到大公司的经营特许权或是专卖权；

④将可循环利用的物品加以整理，转卖给相关组织。

人力资源的募集则是吸引员工和志愿者经营日常事务，有的聘请专业人士管理企业，甚至有专门的咨询师帮助重组企业的架构，吸引职业经理的加盟。

巴西的维拉·科尔代罗创立的"新生：儿童保健协会"组织，用拍卖募集的 100 元作为组织的成立经费，创办者具有很强的人格魅力，一开始就吸引了心理学家、社会福利工作者、营养学家等志愿参与者，在规模逐渐扩大后，除了完善组织的治理结构外，例如成立执行委员会，还邀请专业金融分析师设计合理的成本结构。由于企业实实在在地取得了一些成就，开始有付费会员加入，吸引基金会和私人的捐赠。后来得到麦肯锡公司的免费咨询，后者为企业设计了更长远的规划，设立类似 CEO 的职位，理顺科层结构，建立了跟踪客户的数据库，原来仅能维持的工艺品项目转化为标准化的生产，从而保证组织运转的收入来源。

（2）工作整合（Work Integration）

社会企业多属于中小型企业，采取为社区弱势群体提供就业机会的方式，为弱势群体增进福利。这些企业一般采取公司制模式，他们提供职业训练与就业机会，以"工作整合"为特色，关切那些被社会排除的弱势团体（尤其是身心障碍者），通过提供工作给弱势人群，使之整合入劳动力市场。此模式强调为弱势团体提供职业训练、工作机会、提供一般（或略低于）市场水平的工资，以及辅导创业。

Track 2000 回收中心是英国第一家循环再生社区回收企业，Track 是英文培训（training）、资源（resource）、行动（action）、社区（community）和知识（knowledge）的缩写。企业从公众手中收集家庭旧物品，并且循环利用。

其运作经验是：

①垃圾也是资源，企业注意到社区中很多家庭的旧家具、洗衣机、电冰箱等被作为垃圾遗弃，其实还有使用价值；

②有很多失业者需要技能；

③很多社区穷人买不起生活用品，但是他们对旧物品有潜在的需求。

于是企业的解决办法是，培训志愿者和员工，把物品修理好送给贫困的家庭使用，这样既减少垃圾又真正使物品循环再生。企业建立了培训工作坊，根据弱势居民的需求建立培训项目，例如修理电器、健康和安全、仓储工作、驾驶铲车，以及做记录和找工作的技能等等，同时经常与大公司联系，帮助培训者找到工作。因此 Track 2000 的工作让人们为垃圾围城的城市找到一条垃圾循坏再生的途径；而提高社区失业人员的技能和培训，使他们获得就业机会。

（3）赋权行为（Empowerment Behaviour）

社会企业家努力设计低成本、高效率的方案，他们富有创意的服务方案未能惠及大多数人口，阻碍的瓶颈是传统分送渠道的不足，出于这一考虑，社会企业家摒弃了专业密集的模式，采取发动普通民众的策略，将企业的所有权或控制权赋予穷人或弱势团体，解决广大的边缘人群的需求，这就是赋权策略（穆罕默德·尤努斯，2006）。

在赋权过程中，主要利益相关群体能够影响和共同控制他们的发展方向和资源利用，共同参与决策。参与可以是象征性的，例如听取决议，也可以是实质性的，例如参与项目的决策等。不同的利益相关群体可以根据不同的实际需要表现为不同范围的参与。

中国云南某村实行的小额贷款项目采取的是"赋权"模式。在这个模式中，村民是解决社区贫困的主体，参与扶贫的企业只是社区发展的协作者。村民大会确定小额信贷的管理制度，并将小额信贷进一步创新，改为由社区自己管理的社区发展基金，选举了社区发展基金管理小组，管理和约束基金的办法也有了，村民投票由一个有文化的会计管账，赋权一个出纳监督账目。在项目运行3年中，回款达100%。在村民赋权的前提下，建立透明的财务制度，每个季度公布账目；实行5户联保，贫穷的贷款者组成一个5人小组自己管理，这样建立一个小的"熟人社会"而互相监督，如果一个人不还贷，那么其他人就会帮助他，或者延长还款期限或者让他每天少还一点，如果他拒绝还贷，他在这个熟人社会中的信用就会受损。

赋权机制更重要的意义在于极大地调动起借贷者们自我管理的积极性与创造力。这些本来完全没有金融知识的贫穷村民，通过小组与贷款者联结起来，使他们十分自然地对管理自身的事务承担起越来越大的责任，他们有强烈的内在动力去寻找新的途径而使自己和其他成员尽快脱离贫困。

社会企业家不仅与商业企业家同样重要，他们也许是我们最需要的人——在医疗保健、教育、城市管理等领域，公益创业正在越来越多地涉足到政府和企业已经失败的地方去解决问题，这一点在中国已经有诸多实践。例如在阿拉善，国内的一些企业家成立一个基金，以企业的方法投资环保事业；2005年12月山西成立的晋源泰、日升隆两家小额贷款公司，以支农中获利的形式服务"三农"。

当然，不是每一个人都能成为社会企业家，但社会创业家是一类特殊的道德高尚的组织领导者，中国需要一批社会创业家来探索共同建造和谐社会的新途径。

第5章

新企业与企业家的共生

在本部分中，我们先结合经验调查分析新创阶段的企业家是什么样的角色，他为什么需要企业——我们认为企业家不是万能的，他需要企业实现其创业意图。然后，我们分析企业家在组织和社会网络中是如何学习，以提高心智模式的过程，并以此分析企业家具体是如何组织企业的。

5.1 企业家不是万能的

在众多的企业理论中，科斯潜在地认为企业家可以比较市场和组织交易的成本，企业家似乎总能够理性地比较各种理性或者非理性选择，以避免短视行为（Williamson,1996）。实际上，我们借用了"万能"来说明企业家作为个体需要组织。企业家的角色能否和组织很好地协调并解决成长过程中的冲突，决定了企业成长的可能性。冲突一方面来源于企业家的有限理性；另一方面来自于组织成员和企业家之间的"磨合"，也就是创业初期的创意通过谈判获得能够激励约束企业其他成员的新的企业契约，这种契约能激发员工的创新精神。

5.1.1 有限理性

企业家的创业活动是理性行为与有限理性行为的统一。企业家的活动和任何个人活动一样，具有双重性，即个人行为，一方面具有追求最大化的理性倾向，企业家作为创业者对于利益获取所作出的反应更为强烈。因此，这时，企业家的创业是在决策前使用严格的决策程序的理性过程，表现为理性地应付环境的不确定性，选择创业资源的获取方式以实现创业目标（张玉利，2003）。另一方面，企业家又具有不努力追求最大化的非理性倾向，使用松散的决策程序，表现出动物精神（Howitt & Mcafee，1992）。这意味着企业家的决策不是根据充分信息选择整体最优解，而是根据不充分的信息，于某种预先制定的僵硬的决策规则——例如"不满意程度"，从现实条件许可的各种选择中判断"最优"解。它不仅影响企业家的主观评价，而且会使企业家活动偏离理性的自利逻辑。行为经济学的研究也证明，人们在做判断时往往不遵循"贝叶斯法则"根据获取信息修正主观概率，相反，人们会受新信息的影响而忽视先验概率的大小（Tversky & Kahneman，1990）。

如果把自利的心理动机和最大化满足作为企业家理性的逻辑结构，在解释企业创业行为时会遇到困境。比如，有些科技型创业者追求技术的完美，对成本、管理和生产效率注意不够，牺牲了企业经营的可能利润和个人所获得的效用，这正是某些研究者所说的习惯性障碍（杨德林，2005）。调查还发现有一类创业者，其目标就是喜欢创业，喜欢做老板的感觉。他们不计较自己能做什么，会做什么，可能今天在做着这样一件事，明天又在做着那样一件事，他们做的事情之间可以完全不相干。其中有一些人，甚至连对赚钱都没有明显的兴趣，也从来不考虑自己创业的成败得失。这一类创业者中赚钱的并不少，创业失败的概率也并不比那些兢兢业业、勤勤恳恳的创业者高，而且，这一类创业者大多过得很"快乐"。解释这类创业者的行为只能诉之于"心理预期因素"，企业家往往并不关心自己最终的财富水平，而却关注相对于参照点而言的财富的变化水平，由于参照点往往取决于企业家的现时财富水平和自己心理期望的目标，它非常有可能是过去的经验或者别人的教训（Kahneman & Tversky，1979）

除了自利动机之外，企业家的非自利动机也同样重要，诸如习俗、社会认可、道德、利他等都可归结为非自利范畴，这些范畴也被归结为非理性范畴。斯密（1776；2005 中译本）既说明了自私自利在经济生活中的普遍性，而在另一本书中，斯密（1759；2003 中译本）却强调了利己动机以外的利他主义和偏好在人们社会生活、经济生活中的重要性。利他主义中行为人将对别人的偏好或效用纳入了自己的效用函数，换言之，这种利他行为的付出能达到经济行为人利己目标的实现，因此，这种利他主义与利己主义并不矛盾。从数学表达式来看，只需将原来的效用函数稍做扩展就可以将利他主义纳入原先的效用分析框架。其形式是 $U_1(x) = (1-r)\,\Pi_1(x) + r \cdot \Pi_2(x)$，其中，$\Pi_1(x)$ 和 $\Pi_2(x)$ 分别代表行为人 A 和行为人 B 从 x 中获得的物质享受，r 代表该行为人的利他倾向，相应地 $1-r$ 代表该人的利己倾向，这样，当 r 较大时，该行为人是利他大于利己，当 r 较小时，他更多的是利己主义。特殊的情形是当 $r = 0$ 是，该行为人是彻头彻尾的利己主义，而当 $r = 1$ 是，他是完全的利他主义。

而基于一定的社会、制度环境下，企业家往往表现出"交互式利他主义"（赵红军、尹伯成，2003）[①]。企业家的社会偏好函数并不仅仅取决于其消费水平和消费水平的变化，而且还取决于他所感知到的他人所采取的行为及其内在的动机和意图等因素。因此，在这种情形下，企业家的社会偏好函数就不稳定，而往往成为多种因素共同影响和作用的产物。比如，在由伦理、道德和习俗组成的社会环境中，企业家之间互相合作或者不合作。在合作的情况下，延伸出企业家的捐献、慈善活动、社会责任、信任等行为；而在不合作的情况下，可能有假冒伪劣、欺诈等行为。进一步说，企业家的自利和非自利活动互相结合，可以解释企业家在现有信息、知识分布和社会约束等状态下，可能具有我们所说的进行持续性创新活动，也会出现忙于生存、隐瞒、逃避等行为。

5.1.2 创业动机

回到经济学的传统，企业家获得的收益是创业背后的激励。Aghion 和 Bolton（1992）提出控制权和投资收益相替代的关系。假定某个（潜在）企业家正在考虑某个项目，如果他能够拥有企业的控制权，他可以在没有其他人干预的情况下实施创业点子，那么他就有强烈的激励去实施其计划。否则，如果有其他人干预该项目，并且分享创业的收益，这种创业激励将大为弱化。Aghion 和 Bolton 将收益分为投资产生的现金流以及私人收益，私人收益代表了类似于精神价值的非金钱收益（Jensen, Michael & W. Meckling, 1976）。它所衡量的是创业投资直接带来的现金收益之外，给企业家带来的个人满足，声誉的提高，社会地位的提升等等，这是任何投资的现金收益无法获得的，因而如果项目带来的私人收益较多，将有助于企业家在未来的交易中处于有利地位（哈特，2005）。这也反映了企业家的自利理性和非理性的结合。

在调查和访谈中我们也发现，创业者一般有强烈的欲望，他们想拥有财富，想出人头地，想获得社会地位，想得到人们的尊重。在我们的调研对象那里，一种欲望的表述就是："别人能够赚钱，我不比别人差，受教育程度甚至更高，为什么我就不能试一试？"有的则是"想做一番事业，以证明自己的能力"；有的认为"自己的事业能够对中国的产业发

---

① 赵红军、尹伯成，"经济学发展新方向：心理学发现对经济学的影响"，《南开经济研究》，2003 年第 6 期。

展有帮助，中国应该加入世界产业发展的潮流中"；有的比较笼统，"我就是要办一个企业，体验不同的经历"；有的创业者"有强烈的独立的愿望，以前在别人的企业里做得不错，积累了不少关系资源，现在自己办一个企业，可能会有新的挑战，但是愿意去面对这种挑战"。

因此创业者的预期和努力相互作用，预期越高，努力越大，逼着企业家"往前冲"，欲望是创业的最大推动力。

我们归纳了研究者所进行的不同地区的调查，并进行了一些国内外的比较，具体见表 5-1、表 5-2。

表 5-1 国内有关创业动机的研究举例

创业动机	研究者
个人的志向和兴趣、提高生活质量、继承家业	金祥容，2002
投资、创新、独立、地位、经济利益、市场机会	冯炜，2003
个人价值的实现、为了下一代、发家致富、与家人合作	中国女企业家协会
机会拉动、生存推动、混合	张玉利、陈俊，2003
需求动机、成就动机、独立动机、环境机会动机	童亮、陈劲，2004
宽泛的动机	肖建忠等，2005

注：作者根据有关资料整理。

表 5-2 转型国家创业动机的国际比较

动机	乌克兰	白俄罗斯	摩尔多瓦	中国（湖北）
独立的愿望	75.8	75	43.2	28.1
获得高收入的愿望	66.9	81	81.5	39.9
事业上满足的愿望	62.7	59.5	58	61.7
提高社会地位	13.1	7.1	18.5	29.2
不满意以前的工作	19.7	32.7	35.8	10.2
失业的压力	10.8	8.3	23.5	10.6
抓住市场机会	27.1	20.2	18.5	41.7
其他	3.8	4.2	4.9	3.4

注：中国数据根据作者 2002 年在中国湖北进行的小企业抽样调查的数据得出。国际数据根据本研究课题的英方合作者 1999 年在东欧国家进行的调查数据得出，见 Welter & Smallbone（2003）。

总之，调查表明，企业家的创业不仅仅是贫穷推动或者机会拉动，而是有"一连串"的动机，从我们的国际比较来看，事业上满足的愿望或者获得高收入的愿望是企业家创业的最重要的动机，排在后面的是抓住市场机会，提高社会地位，独立等激励。

5.2 企业家的创意

5.2.1 创意的来源

从源头上说，创意产生于完全主观的、甚至于具有高度个人癖好（Idiosyncratic）和倾向的对企业未来的愿景。创意是一种认知，它内隐（Tacit）于企业家头脑中，它和商业计划不同。但是，创意是一种愿景，在该愿景中描绘了企业准备进入的市场和如何整合资源，它是在政策、技术、行业和社会条件的变化所产生的市场机会的基础上诞生的。

（1）政策的倾斜

中央和地方政府近年来先后出台了一些鼓励创业的政策，例如《中小企业促进法》。国家发改委等部委也出台新的政策鼓励新的就业人群（包括大学生、留学生、社会青年等）创业，一些创业者认为，正是国家和地方政策的明朗化，加上中国市场需求的广阔，使得一些新产品和新材料的推广和应用成为可能。尽管政策仍然存在令出多门，无所适从，政策不连贯等问题，但是创业者们仍对中国经济前景乃至自身进入的行业前景比较乐观。

（2）市场需求

我们调研的大多数企业是以服务当地企业或者少数有特殊需求的顾客的需要而起步的，例如案例 PD1 的银行网点技能培训系统，案例 PD4 的商战模拟网络化教育软件，案例 PD3 的材料测试产品，以及提供网络维护产品，IT 培训产品等等。通过为当地或者特殊客户提供产品和服务，创业企业避免和较大的成熟的企业竞争，有些细分市场的竞争对手屈指可数，因此，找到一个有前途的细分市场，甚至于创造一个填补产业链的市场，能够为后来更雄心勃勃的创举建立一个跳板或者基础。

（3）技术变革

技术变革是有价值的创业机会的重要来源。在高科技行业，这一点更为突出，不少创业者有着一定的从业经验，对本行业的现状和发展趋势有自己的思考，认为本企业能够提供比竞争对手更有特色的产品和服务。案例 PD15 专长于基于 IP 的语音和视频系统，认为其开发的 IP 语音视频系统不仅为用户节约了大量的长话费，节省了大量会议出差时间，大幅提高其效率和降低运营成本从而提高企业竞争力，通讯技术的进步也迎合了一些大客户在视频电话和会议上的需求，例如"搜狐"是国内少数大规模运用视频系统的企业。也是因为此原因，该公司 2005 年被 Red Herring 评为亚洲地区 100 家最有潜力的创新企业之一。

我们所调研的企业并不都是经过了系统的调研和评估之后去创业的，在被调研的 16 家企业中只有 5 家企业认为自己经过了系统的搜寻工作。有 37.5% 的企业认为自己拥有关键的资源，一旦决定抓住某个市场机会，他们就会行动起来，没有具体的营销方案不要紧，没有商业计划不要紧，在创业过程中再去一一解决。有的创业者既是会计，又是销售人员。他们从有想法到开始经营的时间通常较长，一般在半年以上，不少超过一年，当然也有几个月甚至更少的时间。

表 5-3　潜在创意的来源

项　　　目	序　号	数　量	比　例 （单反应）	比　例 （多反应）
系统搜寻商业机会	1	5	15.6	27.8
模仿以前的想法	2	3	9.4	16.7
创新/专利	3	7	21.9	38.9
特许/加盟	4	3	9.4	16.7
拥有关键资源	6	12	37.5	66.7
偶然的商机或信息发展而来	7	2	6.3	11.1

资料来源：课题组在上海进行的第一轮访谈（2005）。

创业者由于资本的束缚，使得调研的机会成本极为高昂，这就阻止了他们对某个想法进行广泛的调研。作为一种常规做法，大公司动辄花费几十万、几百万元调查研究新的市场机会。一般的创业者，其创业资本只有几万元，显然负担不起这样的调研，这点宝贵的资金用在研制或者销售新产品上比进行竞争对手分析或者调研要好得多。因此创业者们通常在同行业积累一定的工作经验，了解行业的发展趋势，积累必要的信息和知识，再投身到创业中。对于那些初次创业的人群来说，具备必要的知识是非常关键的，对创业热情虽然应该鼓励，但是他们要充分考虑困难，通过与社会资源、政府有保障的支持共同结合后再创业。

5.2.2　创意的不完全性

在讨论了经验意义上的创意后，需要解决的问题就是为什么企业家不出售其创意，以实现其人力资本租金。如同巴泽尔（Barzel, 1987）所认为的，创意的实现途径有三种：

①根据市场需要出卖创意；

②签订劳动契约；

③创立一个企业。

道德风险的存在使得前面两种途径产生低效率的结果，这也意味着，企业家认识到他们创意的价值很难得到市场的认同，处于高风险状态，这些信息又无法传递到市场上，基于这个理由，企业的出现是因为潜在的企业家发现的创意或产品（服务）无法通过市场途径衡量，从而自己去创办一个企业（Foss & Klein，2005）。

1. 创意的价值难以衡量

如果沿着巴泽尔（Barzel, 1982）和张五常（Cheung, 1983）的分析思路，那么就必须考察创意的交易费用。但是对于创意，首要的问题不是如何对它进行度量，而是它能否被度量。

一般合约的缔结是投入所有者就产权的全部或者部分进行转让。产权的完全转让是一种断权交易，如果是部分权力的转让，合约必然是结构性的。但是，对于无形的创意，断权交易即便在法律上存在可能，也将是非常困难的。无形的创意一旦产生，除非破坏大脑的记忆功能，任何力量都难以使它消失。考虑到这一点，即使创意拥有者愿意进行断权交易，并在合约上明确写明放弃产品创意的所有权，买方也不会轻易相信。因为交易结束后，创意拥有者完全有可能私下利用这一有价值的（产品）创意继续获利，这也是一种道德风险。

由于各种各样的原因，第三方（法院）在实施产权规则时，很难证实卖者的这种行为。合约要有约束力，必须保证原所有者转让使用权的同时仍然是产品创意的原所有者。另外，创意不仅是非竞争性的，而且还是一种"易逝"产品，即便交易双方在合约中将创意的各项权利界定得清清楚楚，但是一旦进入市场交易，创意的内容即被其他人认知，别人都有可能享受该创意的价值，第三方（法院）很难根据双方合同中的契约关系来处理纠纷（姜建强，2005）。因为，在创意的争议中，任何人都可以声称自己是创意的所有者。因此，无形的创意在定价和合同实施上要比传统的有形产品、专利或者知识产权等要困难得多。

2. "间接定价"创意的失灵

杨小凯和黄有光（1995）曾在科斯的基础上提出过一个间接定价理论，在模型中主要关注的是"管理能力"的间接定价，他们将企业家等同于管理者，与一般要素和劳务相比，管理能力的交易费用虽然很高，但这并不意味着人们不可以从市场上购买到这种服务，管理能力可以进入合约，甚至管理者入股，进而可以在市场上进行交易。

但是，管理能力可以通过有系统地学习获得，那么只要付出一定的学习成本，一般人都可以获得这些专业知识，并在市场上展开竞争以谋取一个竞争性收入。与管理才能不同，创意是企业家头脑中的"灵感"、或者是某种"机缘巧合",或者是企业家的天赋,所以,我们很难根据一个人过去的经历对他或她的创意的含金量进行合理的评估。当然,创意具有潜在的价值,一旦创意所有者找准了市场的切入点,创意转换的价值将远远超过只出售创意所获得的收益。

总之,关于创意的不完全市场能够使我们理解创业企业(尤其是一人公司)存在的理由。当然,多人公司存在的逻辑也可以理解为初始契约关系在此基础上的延伸。在异质性的市场上,生产者之间的合作要更加复杂,关于某种创业企业初始的最优合约几乎是不可能存在的。

5.3 企业家需要企业

5.3.1 创意和动机的认知本质

创意的不完全市场根源在于创意的认知本质。外界提供给个体的信息量是巨大的,但个体在信息处理上是有限的,个体根据自身可以意会的信息进行有选择的信息处理,处理过程一定程度上受认知线索(cue)的影响。能够被接受的信息决定于它们能够吻合个体记忆的模式或者个体过去的经验,否则,信息就可能被忽略掉。

尽管从本性上说,认知是主观的,但是个体认知的发展则是在社会化的过程中进行。这一点在研究者讨论有限理性的时候经常被忽视。个体运用非正式的、单边的方式和其他个体交流,使得个体能够观察、比较他人的行为。观察越多,信息交流越新,个体获得的"内隐"(hidden)信息越丰富。最后,同他人的社会化交流及无意识的模仿,导致公共认知的形成——社会共享的认知模式和对于实践、技能等共同的内隐知识。

企业家的行为是一种信息的处理过程,他的认知能力和决策程序会直接影响其行为。在这里威廉姆森曾经强调的是一种预见力。也这是说,参与人虽然是有限理性的,但也有一定的预见力。在威廉姆森后来的研究中,有限理性的当事人并不是短视的,他能够预见到各种合同形式的一般可能后果。所以能够通过选择一些合同规则来规避不利的后果。综合而言,威廉姆森用有限理性加上可行的预见力来调和了新制度经济学和主流经济学的矛盾。这种摇摆的立场在威廉姆森后来的理论中表现得十分明显(Williamson, 2000),一方面强调可行的预见力,一方面引入演化心理学论证可行的预见力是合理的。为了证明调和方法的合理性,他还引用了一个心理学家的研究成果,认为人的大脑是有组织的处理信息的,在大脑内部是一个很专业的分工过程。这种分工过程在单个个体内部或者个体与群体之间，都能够形成一种学习机制。这种机制可以弱化我们每个人认知上的局限性，使得我们每个人增强可行的预见力，使得我们可以克服理性的限制力，从而导致当事人的静止理性。

这一点与我们的经验或者行为经济学的研究并不一致。我们从企业家认知能力和决策程序理解有限理性，其行为后果可能取决于企业家个体的不同动机，并且如卡尼曼和特维斯基等人发展的行为经济学所揭示的，个体在预见力存在局部搜寻和试错学习的特征。

在行为经济学那里，个体意识能够被理解成占优特性（特定意图）、特定内容和情景依赖机制的综合体，这个综合体还表现为对环境的适应（周业安、赖步连，2005）。有时候面对复杂的环境，个体采取捷径的思考方式（对企业家来说就是决断）反而比理性的计算更好，是否决策正确取决于过去的经验累积、传统的积淀以及模块随环境演变的适应程度。

5.3.2 创意需要企业来实现

企业家的创意也是认知模式的一种。由于认知的局限，企业家和其他个体一样不可能在创意中模拟所有可能的行动集合，这时，企业家需要其他员工在他们的认知模式下适应其创意。对于多人公司（Multi-person Firm）来说，企业家面临的问题是，无法在合同中明确地规定员工对于企业的贡献。和普通的契约不同，新创企业初始合同中没有明确的考核目标，只有企业家对远景的描绘和对员工大体行动的要求，但前者在员工看来是企业家的承诺（Commitment）（Witt, 2007）。非最优雇用合同对企业家有利的方面在于，企业家可以灵活地处理将来遇到的问题或争论，但是道德风险的存在使得非最优合同导致员工劳动付出的有限或者高流动性。解决问题的关键是提高员工对企业家创意的认同。

企业作为一个组织，首先是因为，在企业内外部的社会交往过程中，企业家不仅能够间接汲取他人的认知成果，而且也把自己的认知成果传递出去。企业提供给各方交流知识的场合，在相互认同的过程中，组织在影响着相互间的交流结果。在此意义上，企业（组织）是促使企业家和社会交流，提高环境适应性的制度设定（Institutional Setting），企业家需要一个企业（或组织）（Witt, 1998a）。

从外部角度看，企业是企业家和雇员获得内部一致认知的载体，是个体劳动的一种协调。从内部角度看，企业组织成为企业家和雇员针对社会互动中不断涌现的问题的共享解决办法。

另一方面，企业家需要其他成员的合作，以实现其"愿景"。从企业家层面上，由于个体认知的局限，需要把企业家的"愿景"（Business Conception）展示给参与组织的个体，向他们描绘出企业将来的目标和为了达到目标可能采取的主要行动，愿景反映了企业家本身没有能力凭借一己之力完成目标；从员工的角度，在企业家愿景的引导下把个人的心智模式和企业活动连接，那么企业家和员工也能够更好地合作。

通过建立企业等组织形式的方式让雇员接受企业愿景还远远不够，为了形成对员工良好的激励，必须建立以企业家为核心的认知领导力（Cognitive Leadship）（Witt, 1998b; 2007）。在企业内部的交流分为正式和非正式两种，正式的交流是企业家和雇员的面对面交流，包括各种正式场合的会议等，非正式的交流是个体在更大范围内的私下沟通。后者对形成企业内共同的知识或心智模式影响更大，更不容易被掌控。企业家的领导能力指企业家能够掌控企业内的非正式交流活动，这意味着企业家所传播的默会知识、心智模型对其他人的影响更大，对企业形成共同的认知模式更具有决定意义。在雇员非正式交流中形成领导力的因素与创业者的能力密切相关：说服力、沟通、耐心、坚持、自信等。新创企业只有通过基于企业家领导力的沟通才能完善初始的契约安排，从而激发员工内在的工作冲动，激励来自企业其他成员的创新、创造和解决问题的能力[1]。

5.4 企业家学习：从学习中获得成长

5.4.1 企业家学习的基本模型

在前面的讨论中，我们分析了企业家信息获取的有限性和建立组织的必要性，在组织内部，企业家的学习决定了企业的成长。这是因为，第一，首先创业者要清晰地界定组织的边界；第二，实验或学习的过程是可控的，将组织和外界适度地分离；第三，企业家的实验和学习也能够发现新的资产属性；第四，对学习过程需要一种引导，可以采取多种形式，从计划控制到授权形式等等来分享信息的获取。那么，在下面的分析中，我们建立了一个不完全信息下的企业家学习模型，以揭示他通过个体间或者网络间的学习来提高个体或组织对外部的适应。当然，雇员之间的学习和交流也很重要，但是这一过程往往被企业家所制约。

---

① 例如 Williams 和 Young（1999）认为员工对工作的认知和工作激励之间是紧密相关的，完善的契约安排将分散在企业成员身上的信息和知识互相结合，使得他们的自我行动成为有价值的经历（Rewarding Experience）。参见 Williams, W. M. and Young, L. T.（1999）.Organizational Creativity, in R. J. Sternberg（eds.）Handbook of Creativity, Cambridge: Cambridge Univerty Press, 373-391.类似的观点见 Akerlof & Kranton（2005）。

原则上学习过程的描述如下：企业家通过各种正式或者非正式的途径，从外部获得信息，从而给将来的行动和资产的使用提供建议，从每一次学习中获取可行的行动方案。当然，这样的安排会产生较高的边际成本。

1. 假设

假设Ω是离散且有限的自然状态集合；F是可数的生产函数集合；$\prod$是产出集合；N是潜在企业家的集合。生产函数的变量为：企业家人数。显然，不同的个体人数对应不同的生产函数（不考虑行业特征和产业特征），用映射$f:N \rightarrow \prod$表示。假定$\theta \in \Omega$，一个人选择函数$f \in F$，他以密度函数$\varphi(\pi; f, \theta)$观察到产出$\pi \in \prod$，并得到报酬$r(f, \pi)$。

关于$\prod$、φ（π；f，θ）和r（f，π）进一步假定：

（a）$\prod$是非空可测空间。产出关于f和θ的条件密度函数可以表示为φ（π；f，θ），它是$\prod$的波雷尔集上的Γ测度；

（b）对每一个$f \in F$，r（f，π）在$\prod$中是有界可测的。

每个人并不知道真实状态发生的概率，他们的先验概率集合$\psi(\Omega)$定义为：

$$\psi(\Omega) = \{\mu = \{\mu(\theta)\}_{\theta \in \Omega} \mid \forall \theta \in \Omega, \mu(\theta) \geqslant 0, \sum_{\theta \in \Omega} \mu(\theta) = 1\} \qquad (5.1)$$

给定μ，个人选择f，当期的期望报酬$\omega\mu$为：

$$\omega\mu = \sum_{\theta \in \Omega} \mu(\theta) \int_{\Pi} r(f, \pi)\varphi(\pi; f, \theta) \mathrm{d}\Gamma(\pi)$$

注意对每一个$f \in F$，$\omega\mu$在$\psi(\Omega)$上是线性的。令$u(\omega_f^u)$是个人的当期效用。假设$G: \psi(\Omega) \rightarrow F$是当期的最优策略，表示为：

$$G(\mu) = \{f \in F \mid u(\omega_f^u) \geqslant u(\omega_{f'}^u), \forall f' \in F, \mu \in \psi(\Omega)\} \qquad (5.2)$$

用$G(\mu^*)$表示自然状态为$\theta \in \Omega$的事后最优选择函数的集合，μ^*是μ相互学习收敛的浓缩，也就是客观概率。这里意味着企业家创意的形成具有以下特征：

第一，创意的获取通常不是考虑所有的来源，而是只考虑其中的部分选择；

第二，对不同选择之间的考虑不是像理性模式所说的那样加以比较评判，而是按照循序学习的方式进行，一旦在有限的比较中找到满意的目标，搜寻过程即告结束。

2. 网络集合与网络中的学习

对每一个 $i \in N$，用 $N(i)$ 表示 i 网络的集合。$j \in N(i)$ 的含义为：i 可以观察到 j 所选择的市场信息及相应的创意。进一步假定 $N(i)$ 是有限集合。$N^{-1}(i)$ 为：$N^{-1}(i) = \{j \in N | i \in N(j)\}$，即以 i 做邻居的企业家或者资源提供者的集合。定义具有标竿作用的人物集合 R 为：

$$R = \{j \in N | N^{-1}(j) = N\}。$$

根据上述邻居的概念，如果下列条件满足：对任意 $i \in N$ 和 $j \in N$，存在 $\{i_1, i_2, \cdots, i_m\}$（依赖 i 和 j），使得 $i_1 \in N(i)$，$i_2 \in N(i_1)$ 直到 $j \in N(i_m)$。毫无疑问，创业者的与潜在资源拥有者的讨价还价会对路径的形成产生直接地影响。

考虑学习是动态的，表示为 $t = 1, 2, \cdots$。在第一阶段，i 的先验概率 $\mu_{i,1} \in \psi(\Omega)$。对 $i \in N$，让 $g_i : \psi(\Omega) \to F$ 表示一个时段的最优选择，选择规则遵从（5.2）式。

假定 $C_{i,t} \equiv g_i(\mu_{i,t})$ 表示个人 i 在 t 的选择，$Z_{i,t}$ 表示产出，$(Z_{j,t})_{j \in N(i)}$ 表示 i 的邻居在 t 的产出集合。在 $t+1$，个人 i 对先验概率进行计算（修正）的公式为：

$$\mu_{i,t+1}(\theta) = \frac{\prod_{j \in N(i)} \varphi(Z_{j,t}; C_{j,t}, \theta) \mu_{i,t}(\theta)}{\sum_{\theta \in \Omega} \prod_{j \in N(i)} \varphi(Z_{j,t}; C_{j,t}, \theta') \mu_{i,t}(\theta')} \tag{3}$$

在第一阶段，企业家选择函数 $g_i(\mu_{i,1})$，并且观察到自己的收益，同时观察到 $N(i)$ 选择的函数和产出。

在随后的阶段，企业家和资源提供者都不断地通过事后观察，来计算事后概率 $\mu_{i,t}$，从而修正自己下期的先验概率。需要指出的是，企业家总是根据自己获得的信息，通过 Bayes 法则来修正自己的预期，他们并不试图猜测其他人选择函数的隐含信息，因为这样所需的成本太高，形成事后概率 $\mu_{i,t}$ 之后，他们将继续选择 $g_i(\mu_{i,t})$ 以改善对市场信息的认知。

网络的作用在这时显示出来。为简单起见，不妨假设网络中同时产生了两个信息源，两个信息源对应的策略相对于已有的均衡策略来讲，都是随机占优策略。假定这两个信息源对应的生产函数分别为 $f_x(L)$ 和 $f_y(L)$，且 $\partial f / \partial L < 0$。两个信息源分别处于 x，$y \in R_m$，相互间的距离为 $d(x, y) = \max|x_i - y_i|$。按照前面的假设，企业家和资源提供者是随机地

均匀地分布在集合 $H \in R_m$ 上，分布在集合 $bq(x)$ 内的人数的期望值为 βq^α，其中 $\beta > 0$ 是常数，α 是 H 的维数；分布在集合 $bq(y)$ 内的人数的期望值也为 βq^α，其中 $\beta > 0$ 是常数。

因为两个信息源对应的策略都是随机占优的，所以围绕 x 和 y 的个体同时采用两个信息对应的策略。交流网络随着时间而增长，期望值 βt^α 随着时间而迅速扩展。

x 处信号对应的生产函数随时间而变化：$f_x(\beta t^\alpha)$，相应地，y 处信号对应的生产函数为：$f_y(\beta t^\alpha)$。显然有：$\partial f / \partial t < 0$，随着时间的变化，信息或创意的价值呈现递减的特征。

以上的模型表明，企业家个体具有强大的学习动力，根源在于对于创意的信息不足。学习可以减少信息的不足，也可以缓解信息非对称的矛盾。个体对预期效用的可能性赋予了自己的主观概率，学习表现为个体相互修正主观概率的过程。这样就使得，即使个体观察到别人的行为（主观概率），他大概也没有理由修正自己的主观概率，因为没有人知道谁预测得更准确。所以，随着时间的推移，个体不可能直接观察到不同状况，而是观察到与状况相关的另外变量，从而推断出不同市场信息状况的分布。

3. 模型的扩展

给定 $f_k(m) \in F$，k 代表不同的生产函数（技术），m 是由技术内生决定的雇员人数，即雇员人数对每一个函数是固定的。这里需要指出的是，由于所有人都是同质的，因此即使企业家与雇员不做同样的工作，他们也应该得到同样的报酬，所以 m 均分产出，隐含的是两者承担的风险程度不一样。

定义 3.1，给定生产函数集合 F，如果 $\forall f_k \in F$，$m=1$，市场和企业共存。

定义 3.1 用生产函数定义了市场和企业，市场被定义为所有函数只用一个人进行生产，企业被定义为函数用多个人作为变量。在这里，我们没用认同德姆塞茨的观点，把专业化的个人也看成企业；也没有把由契约连接起来的单个生产者的联合体看成企业。

定义 3.2，存在 T-均衡，如果（1）当 $t < T$ 时，有 $u_{i,T} \approx u_{j,T}$，$\forall i,j \in N$（效用基本相等）；或者（2）当 $t > T$ 时，$u_{i,T} \approx u_{j,T}$，$\forall i,j \in N$（主观概率基本一致）。

定义 3.2 认为个体间动态学习结束后，均达到均衡状态，即要么个体的主观概率达到一致；要么个体的效用相同。

对技术可分的情形 $u_{i,\infty}=u_{j,\infty}$，那么$\exists T$，对于$\forall \varepsilon>0$，有$|u_{i,T}-u_{j,T}|<\varepsilon$，因为$u_{i,T}>0$，$\forall i \in N$，所以有：$u_{i,T}\approx u_{j,T}$，$\forall i,j \in N$；如果技术上不可分，必然存在企业，由于受到企业人数限制（技术垄断），即使人们通过学习具有相同的信念，即满足条件（2）时，也不能满足条件（1）。

根据上述定义有：

推论1　如果社会是相互联系的，则存在 T–均衡。

现在，考虑社会处于 T–均衡状态（这一均衡状态内在地决定社会的福利水平），假定有一个新的函数 $f_{k+1}(m)(m>1)$ 进入集合 F，该函数必须提供现有 T–均衡确定的财富水平ω^*，否则没有人选择雇员角色。分别定义个体集合 N^+和 N^-为：

$$N^+=\{i\in N \mid \sum_{\theta\in\Omega}\mu_i(\theta)\int_\Pi \varphi(\pi,f_{k+1},\theta)\,\mathrm{d}\Gamma(\pi)-m_{k+1}\omega^*>0\},$$

$$N^-=\{j\in N \mid \sum_{\theta\in\Theta}\mu_j(\theta)\int_\Pi \varphi(\pi,f_{k+1},\theta)\,\mathrm{d}\Gamma(\pi)-m_{k+1}\omega^*\leqslant0\}.$$

在上面的式子中，m_{k+1} 表示函数 f_{k+1} 所用雇员数量。显然有 $N=N^+ +N^-$，设 n_1 和 n_2 分别为 N^+和 N^-的人数。观察 N^-的定义，由于该函数提供的效用与 T–均衡状态时是相同的，所以，N^-中的个体对新函数和原有的均衡状态没有明显地偏好。这里假设他们只是以概率 p 随机地选择新的生产函数 $f_{k+1}(m)(m>1)$。

定义 3.3，N^+是企业家集合，N^-是雇员集合。

根据定义 3.3，N^+中的个体之所以成为企业家，主要是因为他们的先验概率告诉他们，f_{k+1} 能够为他们带来利润，所以他们会创办企业，即利用 f_{k+1} 进行生产。N^-中的个人之所以成为雇员，主要是因为他们的先验概率告诉他们，f_{k+1} 并不能为他们带来利润，所以他们是不会创办企业，即不会利用 f_{k+1} 进行生产的，而只是以概率 p 随机地选择或放弃 f_{k+1}。根据定义 3.2，动态的学习过程结束后，最终会使每个人都具有相同的主观概率，从而均分函数 f_{k+1} 的产出。动态调整结束之后，实现 T–均衡。

下面，如果（a）成立，则所有的人都会选择 f_{k+1}；（b）成立，则有 n_1+pn_2 选择新函数；其他情况，则企业家破产，没有人会选择 f_{k+1}。我们有：实现新的 T–均衡后，企业数目 ν 满足：

（a）如果 $\sum_{\theta\in\Omega}\mu_j^*(\theta)\int_\Pi \varphi(\pi,f_{k+1},\theta)\,\mathrm{d}\Gamma(\pi)-m_{k+1}\omega^*>0$，$\nu=$

$\left\lfloor \dfrac{n_1+n_2}{m_{k+1}} \right\rfloor$，其中$\lfloor . \rfloor$表示整数部分，$\mu^*$是自然状态的真实概率。

（b）如果$\sum_{\theta\in\Omega}\mu_j^*(\theta)\int_\Pi \varphi(\pi,f_{k+1},\theta)\,\mathrm{d}\Gamma(\pi)-m_{k+1}\omega^*>0$，$\nu=$

$\left\lfloor \dfrac{n_1+pn_2}{m_{k+1}} \right\rfloor$。

（c）其他，$\nu=0$。

以上显示，在生产函数不可分的情况下，尽管有一些人（少于m_{k+1}）知道f_{k+1}能带来利润，但他们无法选择，这种情况可以看成是技术垄断。

设N_s是这部分人的集合。假设u_N是事后效用，ω_N^*表示事后达到均衡时的工资水平；u_O是事前效用（即由初始T-均衡状态决定的效用水平），与之对应，ω_O^*是事前均衡时的工资水平。根据定理3.2，我们有如下推论：

推论2　如果$\sum_{\theta\in\Omega}\mu_j^*(\theta)\int_\Pi \varphi(\pi,f_{k+1},\theta)\,\mathrm{d}\Gamma(\pi)-m_{k+1}\omega^*>0$，新的$T$-均衡存在且满足：

（a）$u_{Ni}>u_{Oi}$，$\forall i\in N_{i\notin Ns}$，

（b）$\omega_{Ni}^*=\omega_{Oi}^*+\dfrac{1}{m_{k+1}}\times[\sum_{\theta\in\Omega}\mu^*(\theta)\int_\Pi \varphi(\pi,f_{k+1},\theta)\,\mathrm{d}\Gamma(\pi)-m_{k+1}\omega^*]$，$\forall i\in N_{i\notin Ns}$。

推论2的（b）揭示出，利润可以看成是信息租金，信息分散化或者信息不对称性是企业和利润存在的必要条件。必须承认，许多研究提到或研究过信息分散问题，比如熊彼特（1921）把创新看成是利润的源泉，创新活动本身就表现为占据信息优势；阿尔钦和德姆塞茨（1972）把企业看成是信息加工与出售的场所，即企业的优势在于信息；阿罗（1972）突出强调了市场收集分散信息的效率。与这些讨论不同之处在于，我们突出了信息分散在企业过程中的重要作用。

定义3.4，企业在企业家人力资本上是不可分的，

$$f_{k+1}(m)>m_{k+1}f_{k+1}(1)=0，\quad(m_{k+1}>1)。$$

企业家人力资本的不可分性是企业存在的一个重要因素。这一点也和威廉姆森等人（2000）的观点不一致，后者认为市场合同被内部组织取代，不可分割性既不是必要条件也不是充分条件，并且不可分割性至多只能解释小型团体组织，他们把原因归结于少数人间的交易关系。

定义3.4非常强，主要是没有考虑如下情况：

$$f_{k+1}(m_{k+1}) > m_{k+1} f_{k+1}(1) \neq 0 \quad (m_{k+1} > 1)。$$

目的在于，相对于市场来讲，本文并不先验地给予企业某种专业化的效率优势。

推论3 在 T–均衡中，企业家人力资本不可分的生产函数只能以企业形式存在，否则对市场和企业是无差异的。

在 T–均衡条件下，假设有 W 个新函数进入 F，i 将根据先验概率来比较每一个新函数带来的利润。令 E_{i,t_o} 是期望收益的集合：

$$E_{i,t_o} = \{p_k \mid p_k = \sum_{\theta \in \Omega} \mu_{i,t_o}(\theta) \int_{\Pi} \varphi(\pi, f_{K+k}, \theta) \, d\Gamma(\pi) - m_{K+k}\omega^*,$$

$\forall i \in w\}。$

如果 $p_k < 0$，$\forall p_k \in E_i$，则 $i \in N^-$。如果 $\exists p_k \in E_i$，$p_k > 0$，则 $i \in N^+$。他将选择满足如下条件的函数建立企业：

$$\int_{K+k^*} \in \arg \max E_{i,t_o}, \quad \forall k' \in W \tag{5.4}$$

令 N_{K+k} 表示选择 $f_{k+k'}$ 建立企业的企业家，即满足（5.4）的集合。

则企业家集合 $N^+ = N_{K+1} \bigcup N_{K+2} \bigcup \cdots \bigcup N_{K+w}$，雇员集合 $N^- = N_{i \in N^+} = N \setminus N^+$。考虑到有些企业家会破产，我们给出下面的定义：

定义3.5，令 $W^+ \subset W$，满足如下条件的策略集合：

$$G_i(\mu^*) = G_j(\mu^*), \quad \forall i, j \in N。$$

令 $\sum_{\theta \in \Omega} \mu^*_j(\theta) \int_{\Pi} \varphi(\pi, f_{K+j}, \theta) \, d\Gamma(\pi) - m_{K+j}\omega^* = r(\mu^*)$，与定义3.2有些不同，如果 $r(\mu^*) \geq 0$，企业数目是不确定的，有：

推论4 在新的 T–均衡中，企业数目 ν 满足：

如果 $\sum_{\theta \in \Omega} \mu^*_j(\theta) \int_{\Pi} \varphi(\pi, f_{K+j}, \theta) \, d\Gamma(\pi) - m_{K+j}\omega^* < 0$，$\forall j \in W$，那么 $\nu = 0$。

假设企业家与每个签约人签约的成本为 c_0。由于学习过程，不断有 N^- 中的签约人进入 N^+ 当成为企业家的签约对象（当然，签约过程应该涉及企业家与资源提供者的讨价还价过程，不作为本文的分析重点），有：

$$\mu_{i,t+1}(\theta) = \frac{\Pi_{j \in N(i)} \varphi(\omega^*_{j,t}; f_{j,t}, \theta) \mu_{i,t}(\theta)}{\sum_{\theta' \in N(i)} \varphi(\omega^*_{j,t}; f_{j,t}, \theta') \mu_{i,t}(\theta')} \tag{5.5}$$

由（5.5）式可知，企业一旦建立起来，就有 m_{k+1} 进入 $R = \{j \in N \mid N^{-1}(j) = N\}$ 成为公众人物。与在市场条件下相比，如果建立企业，群体的先验概率收敛得很快，更多人将会选择 f_{k+1}。建立企业容易找到雇员从而节约搜寻成本，但赚取利润的时间较短；在市场中组织生产搜寻雇员的成本较高，但赚取利润的时间较长。然而，只要 $m_1 > 1$ 和个体信息不完全，根据博弈论中的囚徒困境理论，在每一个时段建立企业都是一个超优策略。何况 n_1 随时间不断地增加，建立企业赚取信息租金显然是较为保险的方式。

为了简化分析，我们假定人的认知速度是匀速的，设 λ 是雇员的认知速度，表示每个时段 N^- 中有 λ 人进入 N^+。企业作为甄别机制具有两个方面的作用：首先使得企业家更容易找到雇员；其次使得企业具有地位优势。这就是说，建立企业后，N^- 中的个人考虑进入还是不进入；而在市场上，企业家必须不断地寻找 N^- 中的人进行签约。

模型的扩展分析告诉我们，企业家可以通过不断学习、不断适应来克服有限理性的局限性。个人的学习过程，可以导致创业动机及行为的调整。当新的机会呈现，或者自身的能力提高时，企业家的目标和导向随着时间的推移发生动态的改变。在学习过程中，先验概率的不同，使有的人对企业进行联合，使有的人关闭企业，使有的人辞职创办企业，等等。新创企业到头来通常是以失败告终，有才能、有经验的创业者追逐的是有吸引力的商机，而且能够吸引到使企业顺利运作的合适人才、必要资金及其他资源。而且，即使企业失败了，并不能说创业者完全失败，失败也是对创业者的学习经验提高的过程。

5.4.2 从学习中成长

（1）创业企业中的创业者个人学习

在我们的调研样本中，除了 PD4 企业的创业者[①]没有接受大学以上的教育以外，所有的创业者都具有大学本科以上的学历。在通用知识的掌握方面，这些创业者并没有实质的差别。同时我们还发现，不仅创业者都具有较好的教育背景，创业团队和企业员工也都具有较高的学历水平。在我们的访谈中，很少有创业者谈到关于自己之前的教育背景，一方面是由于在浦东新区，高科技企业创业本身对于创业者的知识背景有较高要求；从另一个方面来说，这些创业者默认一定的教育背景是进行创业活动的基本要素之一。

创业者的专业知识是构成创业者知识的关键环节，因此，创业者很

---

① 该创业者年龄较大，由于一些历史原因，没有接受大学教育，但是在当时情况下，完成了高中教育。在本书的案例描述中，口语化倾向比较明显，可能有些句子有语病，但为了保持原汁原味，我们尽量把原话搬上来。

注重在创业经历中通过学习积累自身的经验知识。在我们调研的企业中，创业者都谈到了自身经历和行业背景以及对于行业专业知识的了解对于自身创业经历的重要性。案例 PD3 的创业者在谈到行业知识对于自己的创业活动的影响的时候，认为：

> "我们主要是想做生物医药这一块。我原来从事生物医药这一块已经有近 20 年的时间了，最初创办的时候是 2002 年，在这之前，我们实施了生物医药的一个项目，那么，当时这个项目的所有权不是我们自己的，但是实施的很成功。那么后来有这样一个机会，我们认为自己也可以做一些生物医药的项目，这个项目就包括：围绕创新药来做。其中一个是做成品药，第二个就是：如果在做的过程中时间拖的比较长的话，那我们就可以做一些药物原料或者技术开发。"

案例 PD7 的创业者也认为是由于自己在专业知识方面的优势，是自己创业的重要原因：

> "因为我是一直在做这个化学，化学合成和分析，包括前期的一个学习和工作中，然后就有一个想法就是说，中国的这个外包市场存在着一个脱节，这个脱节呢就是研发归研发，生产归生产，就是我们讲的产业化归产业化，这样的一个脱节。我们现在这个外包市场并不是打得很开，所以呢，就进入包括美籍的药物所，后来就加入一家美籍华人开的公司，一年以后获得这些信息，之后就觉得可以将研发的成果通过公司的运作转成产业化，主要是化学研制这一块，这一块比较好，所以这个大概在 2002 年开始了。公司产业方面，就是说中科院上海药物研究所给予支持，浦东这边创业研究中心也给予了支持，另外还有一个是一些商业化的支持，主要是说这几个方面的一些帮助。刚讲的商业化的支持就是风险投资公司和一些创业基金给予了一些资金方面的支持。"

对于创业者来说，通用知识的准备和一定的专业知识存量并不能创业成功，如果是这样，那么创业企业就不会出现只有 10%存活率的结果了。在具备了一定的知识储备后，对于知识整合的能力成为创业者学习能力的最终表现。在市场竞争中，单一的知识和学习都不能保证企业的持续竞争优势，而对于创业者来说，复杂的市场竞争中是个人综合能力的体现。随着创业知识复杂程度的不断增加，对创业者自我知识整合的能力要求就越高。在我们的调研中，PD1案例的创业者个人在基础知识和专业知识方面都没有表现出明显的优势，甚至在教育背景上还处于劣势，但是，这位创业者有着较强的知识整合能力，通过创业过程的不断深入，从学习中补充自己的专业知识以及其他创业知识，并能实现有效整合，最终产出了良好的成长绩效。

> "在创业的过程中，重要的还是市场的能力，看好一个好的切入点，我怎么样把它做大，让这个业务像滚雪球一样滚起来，这个我觉得对一个企业家来讲是最重要的。所以，我觉得我最大的收获是有关市场这一块，怎么去找一些市场，看到一些潜在的机会，去一步步把这些机会变成现实——怎么样去与客户沟通，怎么样去表现你的能力，或者公司的一些诚信或信任度，以及技术上的一些优势。我觉得还是市场上的一些沟通对我来讲比较重要，其实我原来是比较偏技术一点，技术开发上。"

> "之前做的一些业务可能是由于沟通不够，做出项目出来，那些客户或 BP 的反响并不好，很重要的一点就是我们的沟通不够，就是花费精力所做出来的东西并没有给你的 Partner 做出正确的判断，然后客户就会有些不满，有些问题没有得到及时的处理，他们就会抱怨，他们可能觉得你做的不好，觉得有问题，但是实际上你是花费了很大的精力的。我们不断在经验中不断总结教训，不断成长，因为在后面来讲，我们有些项目都有很多公司参与进来，我们要把这个资源让每一个项目经理都能掌握，一个两个人没有问题。"

表 5-4　创业者学习与成长绩效

案例代码	通用知识	专业知识	整合能力	成长绩效
PD 1	++	++	+++	一般
PD 2	+++	+++	++++	高成长
PD 3	+++	+++	++	低成长
PD 4	+	++	++	一般
PD 5	+++	++++	+	低成长
PD 6	+++	++	++	一般
PD 7	+++	+++	+++	高成长
PD 8	+++	+++	+++	高成长
PD 9	+++	+++	++++	高成长
PD 10	+++	++++	+++++	高成长

注："+"的数量越多表示层次越高，打分结果都来自创业者的自我评价。

（2）创业企业中的组织学习

我们在本研究中定义的组织学习的范围是除去创业者个人学习以外、组织内的所有学习行为。在创业企业中，创业者的影响力相对于成熟企业来说更大。因此，创业企业中的组织学习很多来自于创业者的影响。组织学习在企业初创阶段可能对于企业成长没有直接的作用，因为此时的企业成长更为依赖创业者个人资源、能力以及技术等。但是，对于企业的持续发展来说，组织学习是一个有效的支持变量。在我们的调研中，由于创业者对于企业生存的过度关注，导致创业者更注重个人学习而忽视组织学习，创业者更希望企业的员工是直接能带来利润和产出的。在关注组织学习的创业者中基本上使用了比较常见的培训方式来完成。例如，PD1 案例主要通过内部培训和外部培训来实现组织学习：

> "我们做 IT 的话和做生产型企业不一样，要培养一个人的话也是要投入很大的精力的，不是你拉一个人就能解决的，我们都是有我们内部的培训，或是由一两个项目把人带出来。另外还包括一些培训，再教育。但是我不会把我的员工送到大学去学习，因为我觉得大学里面学不到什么，我会送到很多我们的合作伙伴啊，去接受一些新的技术和新的产品，新的一些服务管理理念。我们给员工的这种机会概率比较高，虽然需要支付很高的费用，但是我是很愿意出的。"

在组织中的知识流分为显性知识和隐性知识。显性知识可以通过正规的再教育渠道传播，例如 PD1 案例企业选择的培训方式。在创业企业中，显性知识存量小于成熟企业或者在位企业，创业企业更多需要通过实践过程实现知识转移和溢出。这种方式在学习理论中称为"干中学"。这种隐性知识的传播需要企业内部员工之间互相传播、管理人员与员工之间的互动、甚至于创业者个人与员工的互动学习来完成。在我们的案例中，我们发现有一个案例具备这种特征，他们的做法引起了我们的兴趣，这个案例是 PD10。

> "在我们企业中，有一项提高员工成长速度的制度，那就是师徒制。我们在新进员工进入企业后，会给他们安排有 2~3 年工作经验的老员工帮助他们熟悉企业，实际上更为重要的是帮助新进员工在技术、业务实践等方面的成长，将他们的理论知识转化为我们需要的实践操作能力。我们从这种做法中感受到了好处，员工的离职率是很低的，你们两年前来的时候见到的

员工，到现在只有 1 个人离开了企业，企业也因为稳定和高效的团队实现了跨越式的发展。我们现在已经有 2 个 VC 进入公司董事会，我们计划在未来两年内实现 IPO。"

市场激烈的竞争、不确定性，以及小企业在市场中弱势的市场势力，导致创业小企业更关注企业的生存。从企业生存的角度来说，尽可能地减少企业的运作成本是一项通用战略。因此，创业者希望更少的员工培训、更少的内部交易成本和更少的人力资源成本的支出。在我们的调研中，我们发现由于创业者对于自身知识的保护，社会诚信的缺失，也一定程度上限制了创业企业的组织学习过程。例如 PD3 案例：

"我们都是边干边学，因为本身企业规模现在不大，MBA 这些东西对我们来说，有这样的理念但用不上。这块我感到就是说，当企业发展到一定的程度，有一些框架要求，也许企业发展了以后，可能核心还是我们来做，但是他有了一定的框架，有一定的管理，所以这块呢我们认为当然是有 MBA 更好，但对我们来说并不是很需要，所以这一块我们就是按照自己的模式在做。同时，中国职员的诚信程度不高，那么技术的东西再好，没有一个有形的体系，它可能就不存在了。因为中国不像欧美，欧美国家知识产权的体系，个人的诚信、企业的诚信都是很好的，在国内，你要是想通过技术来卖钱，是很困难的，或者说以技术来维生，对于小企业来说相当困难。"

5.5 企业家如何组织企业

我们认为，新创企业的边界决定反映了企业家个人偏好，能够从组织上保证对创意的实施和控制（Burton，2001）。我们发现在当前创业的热潮中，创业者的特征和背景有很大的差异，同样，当我们在访谈中问及"创业之初，您对组织企业的设想是什么"的问题，创业者的回答也有很大的差异。

在下面的分析中，我们基于巴隆（1999）的模型，根据中国的创业案例予以发展。巴隆的研究主要是在以下三个方面：

（1）组织维系（Attachment）

组织维系有三种方法。有的企业家试图创造家庭式的氛围，以感情维系员工，简而言之，强调员工的个人感情和归属感。在我们的访谈对象中，不少企业家雄心勃勃力图突破式创新，在他们看来吸引员工的是有着在技术前沿发展的机会，因此，以挑战性、有意义的工作来维系员工，在这种情况下，不是要求员工对老板忠诚，而是员工对研发项目的忠诚。当然，也不排除一些企业以薪酬吸引员工。

（2）协调和控制（Coordination and Control）

对于新创企业而言，最普遍的情况是以非正式的方式，如以平等或者类似于组织文化。当然，有些企业家依靠传统的正式制度来协调，"按照规章办事"。少数则声明协调很简单，"就这几号人，直接盯着就行，依靠我自己的判断"。当然，部分企业家依靠绩效目标等手段控制（Professional Control），强调员工独立自主，而不是强制对企业的适应。

（3）员工选择（Selection）

一些企业家认为企业就是围绕一些项目展开，用人的原则是"召之即来，来之能用"，因此，员工必须有一定的工作经验和技能，胜任即将启动的工作。但是也有些企业家注重员工的潜力和素质，边干边学，员工成长则企业可能发展。也有的企业家因为员工流动性大，把企业流程标准化，员工要契合企业的氛围，"害群之马"会被处理。

在巴隆的框架下，组织维系和员工选择可以分别划分为三种范畴，协调和控制可以分为四种，那么从选择集来说有 $3 \times 3 \times 4 = 36$ 种可能的组织类型。但是根据经典组织理论，初创期的组织条件不可避免地留下烙印，组织随后的演化具有路径依赖特征。结合所做的案例和调查，我们总结出新创企业五种基本的组织类型（见表 5-5）。

表 5-5　企业家组织企业的五种类型

组织类型	组织纬度划分		
	组织维系	协调/控制	员工选择
项目模式	挑战性的工作	平等/组织文化	有能力
创新模式	挑战性的工作	绩效考核	长期的潜力
模仿模式	挑战性的工作	正式制度	有能力
小集体模式	感情	平等/组织文化	契合
专制模式	薪酬	个人判断	有能力，请之即用

5.5.1　项目模式的组织类型

项目模式的组织类型在科技型新创企业中比较普遍。企业家基于有限的项目合同组织开发小组，在他的愿景描绘中更多地出现"挑战"、"机会"、"实现"等字眼，给员工分享创业收益，企业没有僵硬的层级，企业家和员工之间是平等的，以共同实现企业家的蓝图。他们有很高比例是由大企业离职创业的，显然，原企业缺乏内部创业的机制，才使具有创业精神的员工选择离职创业。在组织设计中需要排除传统组织文化对于新事业开发的限制，因此，强调平等的、没有层级限制的组织文化，员工要求有特定的研发经验，愿意为了新事业开发而投入其人力资本。

但是，这类组织形式缺乏对企业的忠诚，逃避企业的制度化，逃避企业的秩序和层级结构，这些可能是什哈福（Shenhav，1995）认为的缺点。例如，在我们的某案例中，企业家从原企业中离职创业，从事开发新能源的应用技术。该企业的创业者拥有强烈的创新欲望，他不安于现状，总想改变什么，企业具有丰富的资源和项目机会。但由于创业者偏好"下一个机会"，企业未能形成主导产业，以及相应的运行结构。直到后来，企业家下了很大的决心，引进一位职业经理人员，担任该企业的总经理。总经理到位后，很快着手对企业的资源进行盘点，对结构进行清理，去除不创造价值的环节，原来的创业者可以专注于新的事业机会的发掘，经过两年多的运行，企业的经营逐步实现正常的业务循环。

我们发现很多创业者"热衷于创业"，往往在一个项目或者企业失败后，经过一段时期又进入到另一个行业中，即再创业。

我们认为，在融资体系不完善的情况下，企业通过短期内依次投资于多个产业，在"再创业"的过程中积累资金可以解决资本短缺问题。转型国家的经验表明，很多创业者在技术含量更高、高复杂的事业前经常会投资于贸易与服务业以积累必需的资本，这种"行业偏好"一方面反映了服务业的低进入壁垒，另一方面对企业的依次投资实际上是融资障碍的一种解决办法。除此之外，斯默博恩和威尔特认为，在不完善的市场环境中企业家通过依次投资行为积累起经营能力和市场经验。大多数新创企业分布在建筑、餐饮、零售、家政服务、房地产、汽车服务、美容、计算机服务与维修等行业，这些与成长性高的行业之间没有显著的相关性（Welter & Smallbone，2003）。

采用低进入壁垒行业的多元化来保障企业生存和发展，是转型国家的普遍特征。例如乌克兰、白俄罗斯、摩尔多瓦大多数中小企业追求两三种项目，这些制造业及建筑业中小企业在获得外部投资困难或市场需求下降时，会从事贸易或服务活动来支持主业。不少中国企业家在创业初期也是通过多元化攫取他们的"第一桶金"，例如北大方正魏新曾经投资传统产业，联想柳传志曾经做过房地产。再比如义乌人邓光华，在早期的创业中，不断关闭好景不再的店铺和公司，先后经营过100多种产品，使他从当初的针线小摊主，发展成今天的大型电器专卖公司的老板。

从上述角度来说，企业家创业代表了在金融资源匮乏条件下开办资本密集或者高科技创新项目的融资解决策略。一个项目的资金积累被投到相关企业，通常可以获得更高附加值。因此，这一过程不单是对金融机构不健全的反映，还是企业家尝试其企业家能力并积累起在商品经济市场中的经验。

5.5.2 创新模式的组织类型

创新模式的组织类型的不同之处在于选择员工时看重其长期的发展潜力，创造机会让其边干边学，企业家采取绩效考核、期权等方式激励员工。那些拥有技术、管理专长的核心骨干可能得到很高的固定收益，这也就造成创业的机会成本很高。这样创业者就会付出更大的努力，他们成为不确定情况下的组织者。但是，企业家不会由于自己的控制和协调能力而具有权威，很可能无法获得那些直到最后关头还呆在企业的非核心员工的承诺，除非他们认为可以从企业家那里得到比其他形式更多的回报。

在这种模式中，如果企业家能够在组织机制的设计之外，贯穿具有远见的领导力，那么这类新创企业也许最具有成长潜力。

5.5.3 模仿模式的组织类型

当环境不确定时，创业者不知道如何去做的时候，通过模仿那些成功的企业的做法，建立比较健全的组织结构，依靠规章制度实施组织内的协调。

这类企业家对管理方法的研究花费了很多心血，成本、质量、命令体系等方面始终是他的工作重心。科层组织使其他人员感到拘束，每个人都觉得他是自己的直接上级，众多的职权被剥夺，做事的欲望和成就感大大削弱。到将来企业在一个很好的行业里经营却没有建树。

从社会学的角度，这样的做法可以减少不确定性，不确定性诱导了模仿行为。哈恩曾这样解释：企业的模仿行为与企业规模成负相关，大企业具有稳定的战略，但是小企业规模小，适应性程度低，具有很强的模仿性。一个合乎情理的推论是：企业家在对个人定位后，会开始模仿同类企业的做法，他们会采取一些规模较大的企业外在形式，或者最多进行简单的改进。观察我国的创业者，多数成功的企业家创业时向消费者提供与大企业大致相同的产品，他们并不是做别人没有作过的事情，而是在别人的基础上稍有创新。模仿生产可提高企业家对市场的适应能力，反过来用高效率进一步加速创造过程。这种自我加速的过程往往能使某些没有先天优势的创业者在短期内超过一些有先天优势，但却没进入这个良性循环过程的人。一个比较典型的例子是 VCD 机。严格来说，

VCD 机没有多少原创性的技术,它只是将电脑其中的一个功能独立出来而已。功能单一但价格适中的 VCD 机满足了大多数中国普通家庭的需要。像这样"微不足道"的创意适应市场的例子在中国竞争性市场比比皆是。

创业者为了对资源供给者提供最大的激励,往往试图制造可靠、可信的外在形象(周雪光,2003)。例如,有的企业家创立了规模很小的公司,或者根本就是"皮包公司",但是他们为自己冠以"总经理""董事长"的职务,或者委以"委员""教授"之类的头衔。早些年乡镇企业"红帽子"式的模糊产权安排。再比如,有的创业者在资金周转困难的情况下,印制精美的宣传手册,声称产品供不应求,勉力装修办公场所等。这些对大企业或者国有企业外在形象的模仿,诱使人们对新企业产生一种信任。

5.5.4 小集体模式的组织类型

由于环境的不确定,这类组织内的决策更倾向于在一个小集体内"民主"决策,而不是象传统的企业决策那样由一个老板在"发号施令"。

在我们的调查对象中,大部分企业家采取团队创业的形式,团队成员在创业初期不考虑他们彼此之间投入的回报(当然,团队的稳定与否最终还是要看回报情况),他们有明确的分工,决策过程不是集权的,而是大家共同商议的,由那些提供专用性投资的成员共同决策[①]。但是这种集体决策的创业企业不一定能够维持长期的平衡,因为随着企业的发展,企业家集体的认知能力肯定会有变化,初始的不确定环境也会有随着企业家对市场了解的深入而有所改变。那些掌握了企业核心资产的成员的谈判能力就会增强,此外,小集体内部的利益纠葛也可能发生,小集体脆弱的结构会因为部分团队成员的撤出而被打破,如果企业能够处理好这个客观事实,那么企业就会得到进一步的发展。否则,企业就有可能走向动荡甚至衰败。

5.5.5 专制模式的组织类型

当企业家面临着市场机会时,可能会因各种原因而找不到相互信任的合作伙伴。此时,企业家个人的领导力对其他员工起到直接的影响,这时的企业组织类型就是专制类型的新创企业。企业家以"一己之力"带领企业前进,领导力极强,可以超越企业运营的传统模式,员工之所

---

① 参见 Alvarez, S.A. & J.B.Barney. How do entrepreneurs organize firms under conditions of uncertainty? Journal of management. 2005. 31: pp.776-793.他们的研究中提出了三种典型的组织形式:团队型、技术专长型与企业家个人魅力型等。

以加入并跟随，是因为他们相信企业家有能力去面对不确定性，并取得成功。在这种组织类型中，企业家根据自己的判断对员工进行监督和控制。在这种情况下，由于经验和性格方面的原因，企业家的创新欲望就会无节制地膨胀，大量新的想法和做法都会直接加载于企业的执行层面，会使得在企业内部建立刚性的结构和管理规则十分困难。每个人都成了企业家的随从，而不是某一个结构中的分子。大家多数时间里都在观望，等待企业家的下一个手势。这类企业员工的压力大，因此流动性高。

第6章

新创企业的融资

在我国转型经济的背景下，民营经济的发展培育出了一批具有相当规模的中小企业。但是在整体上，小企业、尤其是新创阶段的民营企业普遍具有所谓"融资难"的问题，现有的研究较多集中在风险投资、三板市场、民间融资等方面，在本部分的分析中，将从新创企业融资的特性出发，结合中国的实际，重点研究企业家的风险类型和融资的决策的一般过程。

6.1 融资的过程

一般来说，创业企业只拥有少量的资本。在我们的案例中，企业多数是由创业者用有限的自有资金（个人储蓄，家庭借款）或者从朋友那里筹措的资金自力更生创办起来的。

我们发现，新创企业并不需要太多的资金就能够建立起来，但是同西方国家相比，中国创业企业的资金门槛仍然稍高。根据美国商业部调查局的数据，1999 年 60%的新企业只用了不到 5000 美元的资金就创立起来，只有 3%创业资金超过了 10 万美元。Lnc 杂志排出的 2000 年美国500 家增长最快的私营企业的平均创业资金不到 3 万美元（巴隆，2005）。在我们调研的企业中，创业资金最少的也达到 6 万美元（50 万元人民币）。

新企业融资的特点如图 6-1 所示。在我们调查的案例中，大多数的创业者（17 家中有 14 家）认为在起步阶段的资金问题是限制企业成长的最大障碍，因为要在新企业的早期阶段的恰当时候都有足够的现金流是非常困难的，因而精打细算、稳健的融资策略成为他们的首选。

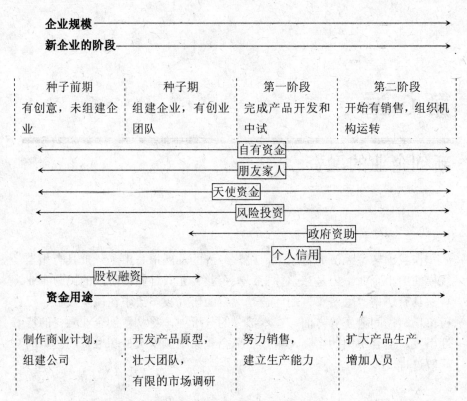

图 6-1　创业企业分阶段融资图解

当我们放弃合同当事人不受财富约束这一假设之后，研究的焦点就不再是那些与专用性人力资本投资相关的敲竹杠问题，而是回到了传统的投资人与企业家（或企业经营者）之间的委托代理问题，它们同属于这样一个分析框架：以合同不完全性为研究起点，以财产权或（剩余）控制权的最佳配置为研究目的。

但是，这些研究面对的都是成熟企业，忽视了某些创业的事实：

（1）企业家和外部投资者之间存在严重的信息不对称，对于企业家的创意，难以被投资者充分认可，企业前景不明朗；

（2）企业家缺乏足够的财富，无法为外部投资者提供担保；

（3）新创企业的治理制度与成熟企业不同，外部投资者和企业家之间的契约安排也应当不同。

我们注意到，创业企业为了在更有利的条件下获得外部资源，企业家应该以何种顺序与不同的投资人谈判，在现实中，每个潜在的投资者都希望在其他人与企业家签约后再加入，以节约自身的评价成本，这样就成为一种"囚徒困境"：风险企业需要有足够的信用来获得投资人的认可，然而也需要从合作者那里得到可信的评价。因此为了突破这样的囚徒困境，对于企业家来说，如何吸引第一个投资人就显得尤为重要了。

在实际案例中，我们发现创业者往往首先寻求外部投资人的帮助（不论朋友还是其他途径），因此，我们的分析从第一步即寻求获得外部投资人投资开始。

6.2　企业家的风险类型与融资

从企业家的风险偏好分类来看，企业家主要分为风险偏好与风险中性两种类型，因为人们一般认为风险规避的人不会从事创业活动，因此在研究中我们假设创业者不是风险偏好类型就是风险中性类型，或者说是乐观主义创业者和现实主义创业者。本研究假设这两种创业者都能在市场上获得投资，但是他们同风险投资者之间达到的均衡处于不同的水平，也同时影响到企业的股权结构。

传统经济学研究的基本假设，即人们受自我利益驱动，有能力做出理性或有限理性的决策。因此许多经济学家认为研究人的心理、情绪是无意义的。然而，当前越来越多的研究人员开始尝试用实验的方法来研究经济学，使得经济学的研究越来越多地依赖于各种实验和数据，从而使这一研究变得更加可行。行为心理学的研究表明，大多数人们对自身的能力过分自信，对将来无理由的乐观主义，一个有趣的现象是，绝大多数人们会认真地说，他们虽然不是最优秀的，但至少比普通人强。同样，乐观的偏见也会影响经济行为，例如竞争性市场的创业行为。

Camerer 和 Lovallo（1999）用实验经济学的方法从另一个角度研究企业的过度自信所导致的创业过程。研究者将试验者分为两大组别：一组依赖对自身能力的信心，简称能力组；一组比较理性，创业前有必要的调查和合理的策略，简称策略组。

研究者关心的主要问题之一是"人们是否更多地依赖自身的能力而不是一个发明或者策略去进入市场？"回答为"是"。实验结果也表明，能力组的平均收益远远低于策略组的平均收益。在他们所做的实验中，N 个实验者独立地随机选择是否进入一个市场，市场容纳能力 c 对每个实验者为先知条件，如果创业者坚持到底将获得 K 的回报，以 E 表示进入的数量，则创业者得到 $K + rK(c - E)$。这里的问题就在于 E 是否随 c 的变化而变化？考虑风险中性，存在大量的纯战略纳什均衡，实验者的创业数量范围 $\in [c - 5, c + 5]$，同时存在唯一的混合战略均衡，创业者失败的可能性是 $(c + 5)/N$。尽管能力组的收益远远高于策略组，但是，策组创业（进入某个市场）的比例仍然很高。

在经验研究中，已有学者给出了企业家和管理者过度自信的证据（Cooper, Dunkelberg & Woo, 1988; Malmendier et. al., 2002）。大量心理学研究也发现：经济生活中，人们通常是过度自信的，即总是倾向于高估自身的知识和能力水平以及对成功的贡献度。

6.2.1 模型的建立

我们将创业企业的融资过程分为三个时期，定义 $t = 0,1,2$，初期财富并不雄厚的创业者通过有限负债，获得创业的第一笔投资来启动自己的创业项目，此时为 $t = 0$ 时期，获得规模 I 的投资来启动创业想法，时期 $t = 2$ 的回报依赖时期 $t = 1$ 时的战略决策（也就是说，采用增长或保守战略）以及创业项目是否适合市场需求，创业项目实施后，针对项目的评价将会面临两种结果：好项目或坏项目。如果企业家在 $t = 1$ 时期选择增长战略的话，一个好的项目的产出为 R，坏项目的产出为 0；如果企业家在 $t = 1$ 时期选择保守战略的话，两种类型项目的产出均为 L。当为好项目时，产出 $R > L$；当为坏项目时，产出 $L > 0$。

在 $t = 1$ 时期，企业家获得关于项目适应性和创业基础战略信息的不可缩信号，这个信号在企业处于 $t = 1$ 时期以中间现金流的形式被运作。如果项目是好的，那么这个现金流为 R 的概率就为 1；如果项目是坏的，那么现金流为 R 的概率为 p 或者是 0。

因此，0 现金流就明确表明这个项目是坏的，此时的最优战略应当是保守战略（此时保守战略的产出为 L）。

整个过程可以描述如下。首先，投资 I 是沉没投资，在 $t = 1$ 时期，中间现金流是显而易见的，战略选择是由对企业享有控制权的人做出的（不论是企业家还是投资人），最后，在时期 $t = 2$ 时，项目产生最终的现金流，它依赖于项目类型和战略决策。

在创业前期，好项目与坏项目被选择的机会是相等的，因此，企业家选择好项目与选择坏项目的概率都是 $1/2$，所有的创业者都有凸的效用函数 $u(...)$。

为了更加细致地比较两种类型创业者在融资契约建立上的区别，我们假设在乐观的创业者中存在一些更为乐观的创业者，以下是我们的假设条件。

假设 1：现实主义创业者能够在较早的时期正确地判断项目的类型。因此，它们对项目为好项目的预期概率为 $1/2$，一旦他们发现了暂时性的现金流，在 $t = 1$ 时期他们将按照贝叶斯法则综合更多附加的信息对项目进行优化。那么此时他们新的期望概率就被修改为：

$$P\{类型 = 好 | 暂时性现金流 = R\} = \frac{1}{1+p}$$

$$P\{类型 = 好 | 暂时性现金流 = 0\} = 0$$

假设 2：乐观主义的创业者同现实主义的创业者不同，他们并没有对项目的好坏进行事先的判断，他们认为项目为好的概率为 1。乐观主义的创业者也使用贝叶斯规则来考察他在 $t = 1$ 时期的概率，对于乐观主义者的期望概率为：

$$P\{类型 = 好 | 暂时性现金流 = R\} = 1$$

$$P\{类型 = 好 | 暂时性现金流 = 0\} = 1$$

在一些极端的案例中，极度乐观的创业者抛弃所有"负"相关的暂时信息，非常确信他们的项目是好的。因此，对于乐观的创业者在面对没有现金流的时候也不会优化他们的创业项目。更为准确地来说，乐观者正在犯两种错误：一种是他们过高估计了好信号的概率——他们认为好信号的概率为 1（好项目不会失败），相反现实者认为好信号出现的概率为（$1+p$）$/2 < 1$（坏项目可能会出现）。第二种乐观者的错误在于过高地估计了成长战略成功的概率。

为了更为精确地关注一些重要的效应，我们进一步设置一些假设：

（1）融资市场是竞争性的市场，同时投资者是风险中性的，即现实主义者。

（2）如果外部环境信号是好的，那么成长战略是有效率的。

$$\frac{1}{1+p}R > L$$

当然，这个假设确保 $R > L$。

（3）如果创业者能够承诺一直选择保守策略（无论信号是好的或是坏的），则项目的 NPV 将会是正值。

$$L > I$$

（4）项目在被清算时不可能完全偿还融资数额。

$$I > \frac{1-p}{2}L$$

风险资本契约对于新创企业来说，基本上都是不能变更和转换的。债务契约有两种形式：

第一种形式是短期的债务契约，即在时期 $t=1$ 时就能偿还的。如果现金流是 0，创业者就必须要承认失败，这时，投资者拥有新企业的所有权和控制权。

另外一种形式是长期债务契约，即在时期 $t=2$ 时进行偿还的。由于信号是可以被观察的，所以投资者为了改变倾向于使用成长战略的创业者使用保守战略的重新谈判可能在 $t=1$ 时期发生。

6.2.2 模型结果

我们主要的结论在于一个竞争性均衡，在这个均衡中，乐观创业者使用短期债务契约，而现实创业者选择长期债务契约。

推论 1：只有当债务契约是有效的时候，那么乐观创业者的均衡是选择短期债务契约，而现实创业者的均衡是选择长期债务契约。

短期债务契约的偿还水平为：

$$D = \frac{2I - (1-p)L}{1+p}$$

长期债务契约的偿还水平为：

$$D = I$$

投资者的利润为 0。

为了证明这些推论，我们分为两步来论证：第一步我们假设企业家的乐观或现实主义是可以被观察的，同时都能用最优契约来解决；第二步我们认为这两种契约的选择对于企业家来说是自愿的。

假设投资人能够很清晰地辨别哪些企业家是乐观的并且这些信号都是不可缩的。第一，与投资人相反，企业家确信信号 S 是正值，那么最优契约给与他的报酬 S 要么大于 0，要么等于 0。第二，投资人知道一旦当项目为坏时，保守战略比成长战略更有利于产生价值。一旦当信号为坏时，第二种情况下的最优契约能够被指派去控制企业。事实上，乐观的企业家认为这些是不可能发生的，因此，从他们的角度来看这个条款是没有成本的。

这揭示出短期债务能够实现最优契约：实际上，在短期债务契约下，投资者在坏的状况下享有对企业完全的控制和所有权力。那么投资者承诺需要得到的回报 D 为多少呢？在 0 利润的情况下有：

$$I = \frac{1+p}{2}D + \frac{1-p}{2}L$$

短期债务契约正是现实企业家所需要的融资契约。但是现实主义创业者会接受吗？这里假设一个现实主义的创业者，他会在 $S = 0$ 的时候选择保守战略，如果 $L < I$，这将使得现实创业者能够规避风险。投资者能够在回报 $D = I$ 的情况下为创业者提供一个长期债务契约。现实主义的创业者（在严格意义上）宁愿选择长期债务契约而不选择短期债务契约来使得企业中的现金流能够得到一定水平的保证，即：

$$\frac{1}{2}\big[u(2R-D) + pu(R-D) + (1-p)u(0)\big] <$$
$$\frac{1}{2}\big[u(2R-I) + pu(R-I) + (1-p)u(L-I)\big]$$

这些契约的选择都是自愿的，这也说明乐观的创业者不想假装成一个现实主义创业者而去选择长期的债务契约。

乐观主义创业者的约束条件为：

$$u(2R - \frac{2I - (1-p)L}{1+p}) > u(2R - I)$$

为什么乐观主义的创业者会乐意使用短期债务契约进行融资，我们可以把投资者在这个契约中获得的回报写出来：

$$\Delta = (2R - \frac{2I - (1-p)L}{1+p}) - (2R - I)$$
$$= -\frac{1-p}{1+p}(L - I) < 0$$

从一个乐观创业者的观点来看，投资者在短期债务契约中获得收益。短期债务契约更加便宜并能使他们从项目中获得更多的回报。

推论 2：相比现实型的创业者，乐观主义的创业者更容易获得股份比例较高的风险资本进入。

假设两类企业家的分布随机，"现实型"占总数的比例 q，"乐观"型则占 $1-q$。由于风险投资家一般都具有丰富的专业经验和技能，他们能够根据自身的标准判断他人的能力水平。

在创业伊始，某企业家拥有新的商业创意，但缺乏资金，可能寻求风险投资的支持。企业家与风险投资家在股权分配中的博弈过程可分为三个阶段（搜寻、进入、退出等）：

第一阶段：搜寻。企业家提出风险项目的股权分配方案，获取的股权比例为 α，风险投资家拥有 $1-\alpha$ 的股权。风险投资家在提出股权分配方案之前，并不能识别出企业家的类型。

第二阶段：投资。风险资金投入企业后，假设企业家与风险投资家的努力水平分别为 e_m 和 e_{vc}，两者都会影响风险项目成功的概率，项目成功获得回报 R 的概率 $P = \gamma_m \cdot e_m + \gamma_{vc} \cdot e_{vc}$；项目回报为 0 的概率为 $1-P$。其中 γ_m，γ_{vc} 分别为企业家与风险投资家实际的能力水平系数。

第三阶段：退出。风险投资退出，企业家与风险投资家各自获得期望支付。

1）考虑企业家中性的情况，企业家与风险投资家有同等的提供价值增值的能力，$\gamma_m = \gamma_{vc} = \gamma > 0$。两者的努力成本为：$C(e_i) = \beta \cdot e_i^2$。

2）考虑企业家乐观的情况，出现以下三种可能：

（a）企业家过分乐观，实际能力水平为 γ，但他乐观地认为其有更高的能力水平 ε，若把二者之差记作 $d = \varepsilon - \gamma$，则 d 表示企业家的乐观水平。

（b）即使风险投资家认识到企业家是乐观的，他也只承认企业家的实际能力水平为 γ，同时企业家也知道风险投资家不能认识到自己的高级能力 ε。

（c）企业家与风险投资家乐观与否互不影响，相互独立。

风险投资家是自利的，因此，他的目的是使其所获得的期望收益最大化；其收益函数为：

$$X_{vc} = (1-\alpha)(\gamma_m e_m + \gamma_{vc} e_{vc})R - \beta e_{vc}^2 \tag{6.1}$$

这里 $1-\alpha$ 表示风险投资家的股权比例，$\gamma_m e_m + \gamma_{vc} e_{vc}$ 表示成功的概率，受风险投资家与企业家双方努力水平以及能力水平的影响。R 表示项目成功时的收入，项目失败时收入为 0，βe_{vc}^2 表示风险投资家的努力成本。

理智企业家的期望收益函数为：

$$X_m = \alpha(\gamma_m e_m + \gamma_{vc} e_{vc})R - \beta e_m^2 \tag{6.2}$$

而当企业家乐观时，乐观的企业家将高估自身的能力水平，从而影响其期望支付函数；然而风险投资家由于并不承认乐观企业家的高级能力，因此企业家的乐观并不影响风险投资家的期望支付函数，所以风险投资家的支付函数与（6.1）式保持一致。而此时，乐观的企业家的期望收益函数为：

$$X'_m = \alpha(\varepsilon_m e_m + \gamma_{vc} e_{vc})R - \beta e_m^2 \qquad (6.3)$$

这里 $\varepsilon_m e_m + \gamma_{vc} e_{vc}$ 表示风险项目成功的概率，同时受到风险投资家与企业家的能力水平以及双方努力水平的影响。

在确定股权方案前，风险投资家并不知道企业家的类型，因此，他的期望收益取决于乐观的企业家与现实的企业家的比例，即

$$E(X_{vc}) = q[\frac{(1-\alpha)^2 \gamma^2 R^2}{4\beta} + \frac{(1-\alpha)\alpha\gamma^2 R^2}{2\beta}]$$
$$+ (1-q)[\frac{(1-\alpha)^2 \gamma^2 R^2}{4\beta} + \frac{\alpha(1-\alpha)\varepsilon\gamma R^2}{2\beta}] \qquad (6.4)$$

风险投资家选择使（6.4）式最大化的股权方案，令 $\partial E(X_{vc})/\partial \alpha = 0$，可得到风险投资家的最优股权方案：

$$\alpha = \frac{q\gamma^2 + (1-q)\gamma\varepsilon - \gamma^2}{2q\gamma^2 + 2(1-q)\gamma\varepsilon - \gamma^2} \qquad (6.5)$$

把乐观水平 $d = \varepsilon - \gamma$ 代入（6.5）式得：

$$\alpha = \frac{(1-q)\gamma d}{2(1-q)\gamma d + \gamma^2} \qquad (6.6)$$

对（6.6）式中的 α 分别求解关于 q 与 d 的偏导数，得到如下结果：

$$\frac{\partial \alpha}{\partial q} = \frac{-\gamma^3 d}{[2(1-q)\gamma d + \gamma^2]^2} < 0$$
$$\frac{\partial \alpha}{\partial d} = \frac{(1-q)\gamma^3}{[2(1-q)\gamma d + \gamma^2]^2} > 0$$

由 $\partial \alpha/\partial q < 0$ 可知，随着企业家群体中现实型企业家比例增大，风险投资家提供给企业家的最优股权比例将减少。

由于 q 是个概率数值，其大小不可能超过1，因此，$\partial \alpha/\partial d > 0$。即随着企业家乐观水平的增加，风险投资家提供给企业家的最优股权比例将增大。

首先，乐观提高了企业家的努力水平（当然，这并不意味着现实型

企业家就不努力），使得企业家更加全心投入地经营风险项目。因此，随着企业家乐观水平的增加，风险投资家增大提供给企业家的股权比例。其次，虽然在企业家群体中，随着乐观企业家比例的增大，风险投资家提供给企业家的股权比例也在增加。这说明乐观的企业家也更容易采取冒险行动，为规避乐观的企业家冒险行动带来的风险，风险投资家始终拥有对风险项目的控制权。

随着企业家自信水平的增加，风险投资家提供给企业家的股权比例也随之增大。同时，企业家的努力程度随着其自信水平的增加不断增大。然而，风险投资的报酬随着企业家自信水平的不断增大而减小，因此，风险投资家的持股和控制程度与企业家的努力水平是互相替代的。

风险资本进入到新创企业中，是需要一个过程的。这个过程来自于资本和企业家的双向选择过程。风险资本的选择从盈利率、市场潜力以及企业家自身素质的角度开展自己的选择；而企业家则从资本进入企业的时间、资本的存量以及融资契约中对于企业所有权和控制权的安排来开展自己的选择。这个过程是建立在双方从信息不对称到信息达到双方"满意"的均衡的基础上的。

在我们调研的企业中有几家企业获得"风投"资助，它们比其他企业的平均增长速度要快得多。因此那些具有长远眼光的新企业更倾向于"风投"的资助，没有获得"风投"的企业70%以上有此意向。案例PD16的创业者为了达到"风投"的要求，在产品产业化之前花费重金从市场上招聘团队高管，因为依靠朋友或者同学组成的团队可能成本低一些，但是对"风投"的吸引力不高。从经理人市场招聘经理，尽管会多支付一些人力资本的代价，但是团队构成有优势，因此他认为，无论如何要将团队支撑到"风投"进入。

6.3 政府资助与创业融资

在中国中小企业创业中，各级政府的资助占据比较重要的位置，不少企业家努力在申请这类项目，正如一个受访者谈到，"政府基金的作用还是比较大的，尤其是在企业刚开始的时候，由于我们从零开始，没有自己的市场和客户，所以刚开始的时候资金的压力是非常大的，基金可以缓解企业一年内的资金压力。"在下面的分析中，我们将研究政府资助带来的效益。

假设一个封闭的经济，整个经济分为三个部门，分别是技术创新部门，中间产品生产部门和最终产品生产部门。在技术创新部门，企业家通过了解市场、寻找市场需求信息和科技发展的最新成果，确定市场上具有潜力的产品并进行判断和决策；再投入资本、雇佣科技人员进行研制以得到新产品的实验生产技术；然后对该产品的功能、结构和生产工艺进行改进，对产品的生产进行技术经济分析，通过产品生产的技术性实验和新产品试销的市场性实验，得到新产品商品化的生产技术。这项技术可以用于自己垄断生产的产品，也可以专利和知识产权转让的形式让他人生产。在本部门企业家投入资本、组织科技人员开发新产品的商业化技术，此时资源是可以自由流动的。

中间产品部门是企业家作用的延伸。在本部门企业家使用商业化的新技术、投入资本和劳动力生产新的中间产品。本部门是垄断生产的，垄断利润用于补偿创新或购买新技术所花费的成本。最终产品部门采用已有的中间产品、劳动和资本等要素生产最终产品，本部门劳动、资本等要素市场和最终产品的市场都是完全竞争的。

最终产品采用 D-S 生产函数形式，它的一般形式为

$$Y(L_\gamma, x_j) = A \sum_{j=1}^{N} x_j^{\beta_1} L_\gamma^{\beta_2}, \qquad \beta_1 + \beta_2 = 1 \tag{6.7}$$

式中，A 为规模参数，$A>0$，β_1 和 β_2 分别为中间产品 j 和劳动的产出弹性（$0<\beta_1<1$，$0<\beta_2<1$）。N 为所有中间产品的种类数，x_j 为第 j 种中间产品的使用量，L_γ 为最终产品生产部门的劳动投入量，Y 为最终产品的产量。

这个生产函数表明，对与每种投入 x_j 和 L_γ 边际生产率是递减的；但是对于全部投入而言，规模收益不变。

第 j 种中间产品的边际产品，与第 j' 种中间产品的使用量是两个独立变量，这表明这些中间产品之间不存在直接的替代关系和互补关系，同时一种新的中间产品的产出也不会影响其他中间产品的边际产出。

假设所有的中间产品都具有相同的实物单位和相同的生产量 x，令 $X=Nx$，那么最终产品部门的生产函数为

$$Y = AL_\gamma^{\beta_2} Nx^{\beta_1} = AN^{\beta_2} L_\gamma^{\beta_2} X^{\beta_1} \tag{6.8}$$

每种中间产品只有一家公司进行垄断性的生产，中间产品 j 的生产函数为

$$x_j = A_n K_{nj}^{\gamma_1} L_{nj}^{\gamma_2}, \quad \gamma_1 + \gamma_2 = 1 \tag{6.9}$$

式中，A_n 为规模参数，$A_n>0$，K_{nj}、L_{nj} 分别为第 j 种中间产品的资本

和劳动的投入，γ_1、γ_2 分别为资本和劳动的产出弹性（$0<\gamma_1<1$，$0<\gamma_2<1$）。

假设每种中间产品都具有相同的需求弹性和生产产量，则中间产品的生产函数为

$$X = Nx = A_n K_n^{\gamma_1} L_n^{\gamma_2}, \quad \gamma_1+\gamma_2 =1 \tag{6.10}$$

式中 K_n 和 L_n 为所有中间产品部门投入的劳动和资本的总和，则整个经济系统的生产函数为

$$Y = AA_n^{\beta_1} N^{\beta_2} L_\gamma^{\beta_2} L_n^{\beta_1\gamma_2} K_n^{\beta_1\gamma_1} \tag{6.11}$$

技术创新部门的产出决定于企业家的数量和现有的技术知识存量，技术创新部门的生产函数为

$$S^0 = \delta SL_E \tag{6.12}$$

式中 S^0 为技术知识的增量，δ 为生产率弹性，S 为已有的技术知识存量，L_E 为企业家数量。

由于单个企业家的创新活动具有不确定性和风险性，但是相对于企业家群体，不确定性可以排除，因为创业企业生存的基础是技术和产品创新，那么风险因素就成为企业家成功的一个关键因素。假设企业家群体的成功概率与企业家的总体素质成正相关关系，与现有的技术水平成正相关关系。

假设企业家群体的成功概率为 α（$0<\alpha<1$）。则

$$\alpha = f(\delta,S), \quad (\partial\alpha/\partial\delta > 0, \partial\alpha/\partial S > 0)$$

那么成功创业的企业家的数量为

$$\alpha L_E = f(\delta,S)L_E$$

以上（6.8），（6.10），（6.12）式为经济系统中三个部门的生产函数，下面进行价格分析。

设最终产品的价格为 P_y，第 j 种中间产品的价格为 P_j，所有中间产品总量的价格为 P_x，劳动的工资为 W_y，如果最终产品市场是完全竞争市场，令最终产品价格 $P_y=1$，那么劳动的工资为

$$W_y = \beta_2 y / L_\gamma = \beta_2 AN^{\beta_2} L_\gamma^{-\beta_1} X^{\beta_1} \tag{6.13}$$

中间产品总量的价格为

$$P_x = \beta_1 A N^{\beta_2} L_\gamma^{\beta_2} X^{-\beta_2}$$

因此，中间产品部门的总收益为

$$TR = XP_x = \beta_1 A N^{\beta_2} L_\gamma^{\beta_2} X^{\beta_1} \tag{6.14}$$

边际收益为

$$MR = \beta_1 P_x$$

由垄断的局部均衡条件和可以得到中间部门劳动的工资 W_m 和资本的利率 r，为

$$W_m = \gamma_2 \beta_1 P_x X / L_m \tag{6.15}$$

$$r = \gamma_1 \beta_1 P_x X / K_m \tag{6.16}$$

则中间产品部门的利润为

$$\pi = TR - TC = P_x X - W_m L_m - r K_m = \beta_2 P_x X \tag{6.17}$$

在技术创新部门，企业家的报酬为 W_E，中间产品的专利价格为 P_s，则中间创新部门的总收入为

$$TR = P_s S^0 = P_s \delta L_E S \tag{6.18}$$

总成本为

$$TC = W_E L_E$$

则企业家报酬是：

$$W_E = \delta S P_s \tag{6.19}$$

这里的企业家的报酬是指整个企业家群体的平均报酬，创业有风险，创业成功的企业家只有一部分，由于各自对创业机会的把握和对企业的管理运营的水平有区别，因此，在实际上，个体企业家的报酬是有很大区别的。

在经济系统的三个部门达到均衡时，企业家的收益为劳动工资的 n 倍（$n>1$），中间产品部门劳动工资应该等于最终产品部门劳动工资，则有

$$W_E = n W_m = n W_\gamma \tag{6.20}$$

由（6.13）（6.15）（6.16）（6.19）式，可以得到

$$L_m = \beta_1 \gamma_1 nr / \delta \beta_2$$

$$L_\gamma = nr / \delta \beta_1$$

生产和消费均衡条件下，经济系统的增长为

$$g = \frac{\delta L - n \Lambda \rho}{n \Lambda \rho + 1} \qquad (6.21)$$

这里 $\Lambda = \dfrac{\beta_2 + \beta_1^2 \gamma_2}{\beta_1 \beta_2}$，$\rho$ 和 δ 为常数。

政府加入经济系统后，社会计划条件下社会最优均衡时，经济系统的增长为

$$g^* = \frac{\delta L - \rho \Delta}{\theta \Delta - \gamma_2 \dfrac{\beta_1}{\beta_2}} \qquad (6.22)$$

这里 $\Delta = \dfrac{\beta_1 \gamma_2 + \beta_2}{\beta_2}$，$\rho$、$\delta$、$\theta$ 为常数。

对比（6.21）和（6.22），得竞争均衡下的经济增长速度小于社会均衡下的经济增长速度，因此，政府对企业家进行补贴对于社会经济系统的增长是有正效应的。所以，政府在企业创办初期对企业进行基金支持或者其他类型的补贴对创业企业的成长是有正效应的。

在我们的调研案例中，我们发现受到政府基金资助的企业在成长一段时间后（调研周期 2 年），表现出比别的企业更为良好的发展态势，尤其是企业在技术创新、专利权以及获得外部融资方面的表现尤为突出。

案例 PD6

该公司是一家致力于第三代通信软件服务商的新创企业，我们 2005 年 7 月到该企业进行调研的时候，该企业刚刚创立 1 年，员工只有不到 10 人，其中包括核心创业团队人员 5 人，属于典型的新创企业。当时，企业的主要人员正在进行当年"国家中小企业创新基金"以及"上海浦东高新科技创新基金"的申报准备。企业如果能够获得这些国家基金的支持，将为企业带来超过 50 万元人民币的资助，但是，令我们感到惊奇的是，公司创立人对资金多少本身并不是很感兴趣，她表示，政府基金最让他们看重的是来自政府的认同。

2007 年 8 月，当我们再次来到这个企业的时候，企业创立人告诉我们，她们已经获得了国外一家风险投资的支持，并且还有很多的外部融资者希望能够进入，企业目前已经在第三代通信支持软件领域获得了技术领先优势，同时由于外部资金的支持，企业在第 2.5 代通信支持软件领域也获得了相当的份额。

创业者在回答企业为什么会得到如此迅速的成长的时候，将很大的一部分功劳归功于政府基金的支持。

> "国家、上海市和浦东的创新基金给了我们很大的支持，主要是坚定了我们的信心，使我们相信我们的技术是值得相信的，同时也为我们进行后续的市场开发和融资活动打下了良好的信用基础。"

案例 PD11

该公司是一家致力于研发光电通信技术系统的高科技公司，公司的创始人任总经理，他是我国光电通信领域一位著名的专家。我们 2005 年到该公司调研的时候，公司正好陷入到资金链紧张的局面，"我们现在基本上依靠国家的项目资金，公司的员工现在都是在强大的精神动力下进行工作，我也感到现在的压力很大。"公司创始人这样表达当时的感受。由于该公司的研发领域属于国家"863"项目支撑的重大项目，国家给予这个项目的政府资助超过 1000 万元人民币，因此，该企业的运作实质上一直都是在国家科研项目基金的支撑下进行的，公司的研发活动是公司的核心活动。

2007 年，当我们再次来到这个企业的时候，企业已经从研发通信系统转为做集成芯片，公司的研发活动在这两年里一直没有停步，但是另外的一个问题也很突出，就是公司在这两年中并没有产品投放市场。一个企业如果没有经营活动，后果是很严重的。公司从 2005 年的 20 多个员工，缩减到现在的 8 个员工，企业正在面临深刻的危机。对于技术创新性的小企业，尤其是新创企业，过长的技术研发周期是需要强大的资金支持的，这些资金无非来源于两个渠道，即外部融资和政府资助。

> "我个人是不喜欢外部投资人的，尤其是私人投资者，他们过于功利化，而我希望成为一个原创性的创业家，专心研发能够改变目前通信领域的顶尖技术，由于我常年在科研机构工作，所以我倾向于得到政府的支持。"

这也许代表了目前很多介于大学、科研机构、企业之间的中国技术型创业者的想法。毫不夸张地说，政府资金的资助是这些新创企业能够继续生存在市场中的唯一支点，政府基金和补贴支持的作用在这些新创企业中被放大。

以上的案例说明了在目前中国的创业环境中，政府的资金支持和补贴对创业者创业活动的作用具有积极效应。

但是对于政府基金数目较少，基金申请程序比较繁琐，申请周期比较长等方面的抱怨，仍然使很多创业者远离政府基金和补贴的支持。如同案例 PD17 提到的，政府资助力度还不够。

"中国的创新基金基本上是无偿的，小额资助不足以支撑科技的发展，没有贴息、入股等形式，导致资助形式的单一。此外，政府资助的实践也比较单一。相比较，我国台湾地区的创业团队组建后，会有来自政府或民间无偿培训和种子基金，一段时间磨练后，经过认证再给予有偿的'天使基金'。既能培养创业素质，又避免资源浪费，企业文化也无形中影响着创业者。目前的政府资助主要在成果认定后，但在成果认定之前较少，甚至很难得到资金投入，形成一个'断层'。而在此阶段企业的风险最大，对外部融资的要求最迫切，因此，不管在研发的哪个阶段，资助都应考虑连续性"。

在科教兴国的战略下，各级政府的科技投入在逐年增加，但是力度与实际需求相比有一定的差距。举美国的例子，美国联邦政府设立了一个小企业创新研究项目，在这个项目中，新企业能够从政府获得高达 10 万美元的资助来评估其技术创意和高达 75 万美元的资助来完成其商业化；另一个联邦项目是美国小企业管理局的贷款担保项目，他保证向贷款者偿还他们贷给新企业的资金；而有些传统型的新企业也可以获得科技基金的资助。

创业者和政府之间需要寻求一个均衡点，在这个点上，新创企业能够以合适的成本来获得政府资金支持的机会，同时政府也能够对创业项目进行科学性的选择，达到资金使用的"满意"收益，同时扩大政府优化创业环境的目的。

第 7 章

新创企业的治理结构

　　新创企业有没有治理结构？创业的时候，大家都是好朋友、好同学和好亲戚，不愿意涉及钱的问题，先把事情做起来。但是，等到有了一定业绩之后，问题开始显露。因此，不少研究者根据传统观点断言公司治理结构在公司创业初期没有得到重视。

　　"治理"（Governance）一词基本上等同于权威、指令和控制的运用。根据威廉姆森（Williamson, 1985），Zingales（1999）将公司治理定义为影响在一种关系中所产生的准租金事后讨价还价的复杂的约束集合。这一体制的主要作用是通过初始性的契约而发挥作用的。但是，这一契约在绝大多数情况下将是不完全的，事实上新创企业的治理结构处于不断的发展过程中，因为它不像大企业那样稳定，其治理结构的特点可以被归纳为以下三个方面。

　　（1）开发性结构：资源必须义无反顾地投入到收益不确定的投资项目中。

　　（2）组织整合：收入是通过人力和物质资源的整合产生的。

　　（3）战略的方向：资源被用来克服其他公司认为是给定的市场和技术条件限制。

　　公司治理结构传统上有两种对立的观点：股东价值观和利益相关者社会观。施莱弗和维什尼（Shleifer & Vinshny, 1997）对前一种观点的表述是："公司治理结构是公司融资者确保投资收益的诸种方式"；后一种观点如齐加列斯（Zingalas, 1999）的定义是："决定治理关系所产生的准租金的事后讨价还价的复杂的约束集合"。但是最近的研究因为找不到为两种观点服务的理论而感到困惑，困惑一方面来源于新的时代，大量缺乏初始财富的个体成功创业，成为企业家。在当前市场日趋完善，分工趋于发达的时代，不少企业经营者与出资者融为一体，企业向规模的小型化方向发展，不少企业甚至只是"虚拟公司"，只雇佣少数几个人，但它的产品（或者设计）销售额可以过亿。企业突破了明确的资产边界，这是"科斯后"的理论无法很好解释的。困惑的另一方面来自于主流理论在隐含的完善的金融市场前提下主要关注道德风险，仿佛治理机制的安排就是为了如何解决道德风险。在霍姆斯特姆和罗伯茨（Holmstrom & Roberts, 1998）的论文中指出非一体化、外部供应、外包以及通过市场进行交易而不是把每件事都置于企业内部，这些提供了道德风险的替代性的解决办法。

如果考虑新时代背景下创业企业的实际情况，研究者开始审视新的治理问题。萨克森尼安（Saxenian, 1994）认为美国硅谷在20世纪80年代从衰退中迅速恢复的推动力是较少层级控制和市场导向的新型企业的崛起。青木昌彦（2001）开始把公司治理结构定义为治理参与人策略互动的自我实施机制。杨其静（2005）提出有必要从企业的起点——创业来审视企业契约的安排。但是到底新创企业有没有治理结构，或者说成熟企业治理结构的起点是怎样的特征，这些在现有研究中还比较薄弱。

7.1 企业家保持控制权

我们先看几个案例的描述。

案例 PD3 的创业者这样解释：

"从当初到现在来讲的话，因为企业的整体控制权还掌握在几个股东的范围之内，由大的股东来比较好地左右其他的小股东。至于在股东内部之间的，我觉得像我们这种小企业的话，在创业之后也有比较快速的发展，都会碰到这样的一些问题：责任跟利益的分配，股资上的矛盾。就我们来讲，像我们这种小企业，创业型的，原始股东很重要的一点就是他们能够走在一起，就已经有了共同点，因为在刚开始的时候，没有任何的利益，一开始的时候只有投入，可以肯定大家是都有共同的观点和共同的一个努力方向"。

另一个例子（PD16）：

"公司主要以自有资金为主，与其他相比，比如说一下子拿大量的风险投资，我觉得两种方式都有优势和劣势。我有很多朋友，他们海外回来，拿了外部的资金投资，两年以后呢再看，很多人都已经不在那个公司了。我就相信——你开始很舒服，你后面可能就不太舒服。你开始的时候你的资金比较充足，确实日子很好过，办公条件比较好，可以开工资，我分出一点利润是小事，少赚一点没有关系，但是你的控制权就出去了。因为我相信创业者通常来说肯定是比投资者更要累人一些。投资者和创业者想的不一样，投资者想的是怎样能快速的回报，一旦让他们控股，或在董事会有很大发言权以后，他们会施加各种各样的压力，使这个企业脱离原来的初衷，偏离最擅长的领域。那么这个就是败家。像我们这种自有资金为主的相对来说基本上以平稳的方式来做。"

……[您所说的控股权是指多大的一个限度]……

"（50+1）％股份，这是一个限度。我有很多朋友，从创业开始以后，慢慢的控股权就稀释了。我们倒不至于走（到这一步），主要是对企业的发展方向的话语权消失了以后，那你就变成一个职业经理人了，那我想一个职业经理人和一个创业者的出发点是不一样的。他的激情投入也是不一样的。所以我们会尽量保持我们对这个企业的控制。"

还有一个类似的例子（PD15）：

"其实企业的控制权，无非就是两个层面，一个是资本层面，资本层面是绝对控制的，对不对？你比如说资本层面作为一个股份有限公司体现在股权上面，一股多大，我占90%的股权，那肯定是我说了算，对不对。这个是资本层面。还有一个是管理层面，经营者的一个层面。其实作为我们一个公司的管理来讲，无非一个是股东层面，股东层转为资本层，一个是经营层，这两个应该是分开的。也就是说我作为股东，拥有这个公司，但我不一定要经营这个公司，我交给一个职业经理人去经营，或是交给一个团队去经营，那不可能说大的决策我来做，具体的一些经营业务我就不管了，是不是？要变化的控制权呢，无非就是这两个层面。其实现在呢，我为什么说我们公司没有发生特别大的变化呢，因为我们这个公司从一开始就是所有权和经营权就合二为一了，经营权肯定是执行总裁，或者怎么样，对吧，那是出来开展工作。其实作为一个科技型公司来说，到一定的地步会发生一些控制权的变化。"

从上面的案例访谈中，我们认为企业的控制权在创业者心目有以下两个"惯例"：

（1）创业首先依赖于创业者自身的人力资本和必须的资源（当然有技术、信息、资本等方面）。他们具有一定的专业知识，可以形成一些专利或成果，认识到能带来经济效益的机会。他们更多地依靠个人能力和机会识别提供给社会认为有价值的服务，给予产品差异化的价值，正是企业家式的人力资本，代表了初创期企业家对企业完全的控制权，就是他（或他们）决定了生产什么产品、提供什么服务、聘请哪些人员等。

（2）创业企业以生存为第一目标，它与潜在的利益相关者接触的过程，本质上说就是"争夺控制权"的问题。从企业家的角度，要在其初始的控制权周围筑上一道"篱笆"（Entrenchment）。维斯崔特（Verstraete，2006）认为企业家和利益相关者的关系是一种互利关系。企业家的目标是获得其必须的资源，而潜在利益相关者的目标是保证投资增值，两者的权力关系是"此消彼涨"。

企业家为了在初创阶段保护其控制权，往往采取人们所说的"封闭式"方式：

（1）股份结构集中在创办者或者团队或者家族手中。这种保护方式在家族型企业比较普遍。

（2）管理控制在以朋友、同学或者合作伙伴为核心的手中。这种保护方式在科技型和家族企业"第二代"创业中比较普遍。

（3）为了在将来的控制权争端中掌握主动，企业家在潜在投资者的谈判中强调创业企业的高风险性和不确定性，只有企业家才有能力组织和管理各种资源，因此，不少创业企业能够在未丧失控制权的情况下，获得有条件的后续投资。因为投资者面临的问题是：创业者对于创业的成功太重要，在没有回报的情况下，投资者只能继续依赖创业者提升资本化水平。

（4）在创业企业存续过程中，创业者（团队）在管理上的投资可以增加外部投资者控制企业的成本，提高外部对自身人力资产的评价，同时通过战略组织的支撑来限制可能的替代者，这样的保护方式建立在创业者和外部非对称信息的基础上。

（5）那些引入风险基金的企业，一般面临控制权外移的后果，导致企业家经营的积极性的下降。例如，一家企业这样说，"我们公司实际的控制权并不是在我们这个团队中间，是在私人风投上面。我们也想好好经营这个企业，只不过觉得现在已经不再有很强的积极性，后来私人风投把他的股份转让给日方，现在我们成了一个外资企业"。

总之，控制权的集中或者相对集中是新创企业家的显著特征。控制权的分散化所带来的问题是由不同的利益相关者之间的利益冲突，这必然带来效率的损失：相互之间的不信任、猜忌以及由此引发的决策制定时的僵持局面。这些问题主要源于掌握控制权的利益相关者之间信息的不对称。因此，科斯定理在此失去了解释作用。瑞耶和泰勒尔（Rey, 1999）利用一个多委托人（一个共同的代理人，即 Common Agency）的道德风险模型证明了：在委托人之间存在利益冲突时，他们获取信息以改进效率的激励将被减弱。相比之下，初创企业小而扁平的组织形式并不具有分散的控制权结构，并且具有控制权的一方可以有效地进行决策制定。具有控制权的企业家不必与他人进行讨价还价，因此他可以从其监管活动中充分受益。

案例 PD15 的描述很好地证明了这一点。

> "从公司目前来讲，我觉得控制权还是掌握在少数人手里，就是说还是两三个主要人员手里。虽然说我们取得了一定的发展，也做了一些大的项目，但是从根本上没有解决企业发展的问题。这个根本问题就是服务型企业每天面临的不同的客户，没有统一的产品，每天都是定制。这样就导致市场不是很稳定，就没有形成一个很稳定的工作。所以说在这个阶段，企业的控制权还是在少数人手里。只是觉得跟以前相比，多了一些助手做外围的事情，包括我们的项目管理有人管，财务方面也有人管，我只要签字，那些钱出去就可以了，还有市场也有人关注，等等这些细节方面。但是（关乎）公司的走向（的决策），公司到底该做什么不该做什么，还是掌握在我和另一个股东手里"。

7.2 组织结构的灵活调整

从法律形式上说，新创企业一般采取私营独资或者有限责任的形式，后者更加普遍。股东团队在 2～9 人之间，对于合作伙伴有多少的问题，有的创业者认为 2 个即可（包括创业者本人），有的认为 3～5 人，"太多则容易产生矛盾"，目标不一致的情况下容易有撤资的情况发生。

总的来说，我们调研的企业有几种股权形式：

①一股独大结构：包括股东少（3 个以内）的企业，大股东有资金，

也有一定的管理才能，能吸引合作伙伴。这种形式比较普遍，符合大多数创业者在初创阶段保持对企业的控制权的要求。

例如，一家企业（PD15）这样认为：

> 股东结构是比较简单的，基本上没有太大的变化。对小公司来讲，特别是从我们管理者和经营者合一的角度来说，小公司股权太分散就不好了，很难控制。股权还牵扯到一个法律层面上的东西。举一个例子，我10个员工都有股份，有一个人是5%，底下的员工出了问题，那我肯定是要收回来的呀，你不可能放在外面，这个就牵扯到很麻烦，他可以给你一家，比如说我5%占到五万块钱，那现在我说我值一百万，你要不要，你不要可以呀，那我就放，这就牵扯到一个法律层面上的问题。再加上在创业阶段，有一些调整是很必然的，但不能过多调整，虽然可以通过协商去解决，但不是每个人都可以解决的。

②平均持股结构：股东团队互补型，平均出资，适用于股东较少的情况。例如一家企业股东有四个人，分别是博士，职业经理人，还有同学，都在一个行业中工作，为了共同的目标走到一起。"我是董事长，我先生是总经理，我们的股份差不多，另外两个也占有一定的股份。我们强调利益的平衡，尊重人才价值。那些短期行为倾向严重的成员会破坏团队的效率和结构"。

③差别股份结构：没有绝对控股的股东，"两两制衡"。一个创业者这样解释，股东们一般没有绝对意义上的控制权，但是可以两人制衡一人。这种形式在一些留学归国创业企业中也比较普遍，因为海外要求大股东股份不得超过30%。有些企业要走上市的道路，一定要把股份"留出来，放出去"，为今后引入高管（经理人）、员工股份、策略投资商或者风险投资商打下基础。

关于创业企业如何选择组织形态，覃家琦等（2006）通过对中国私营企业1989～2004年关于个人独资制企业、合伙制企业、公司制企业的经验数据来分析对组织形态的选择（如图7-1）。

企业组织形态的选择采取如下步骤（覃家琦、齐寅峰、李莉，2005）。

第一步，除自有财富以外，企业家是否引进外部权益；如果不引进外部权益，则企业为单权益（Single Equity: SE）企业，否则为多权益（Multi-equities: ME）企业。

第二步，在SE和ME企业中，企业家对企业财产承担何种责任：无限责任UL（Unlimited Liability）或有限责任LL（Limited Liability）。

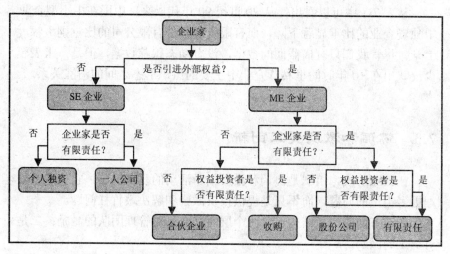

图 7-1 企业组织形态的选择程序

第三步，在 ME 企业中，给定企业家的财产责任，权益投资者承担何种财产责任。这里，财产责任具有两层含义：第一层为企业家和外部股东对企业经营亏损的责任；第二层为企业家和外部股东对企业负债的责任。

经过上述步骤，可以获得五种可能的组织形态：即个人独资企业、一人公司、合伙企业、股份公司、有限责任公司等。

他们对中国私营企业数据的统计分析表明，实行有限责任的公司制的比重节节上升，而实行无限责任的合伙制的比重显著下降（见表 7-1）。

表 7-1　私营企业 1993~2004 年代以来的组织形态分布（%）

企业规模	年份	独资企业	合伙企业	有限责任公司	股份公司	其他	合计	样本数
小型企业	1993	63.9	15.6	16.7	0	3.7	100	1380
	2000	41.7	7.8	44.1	6.5	0	100	2515
	2004	22.7	8.2	62.8	6.3	0	100	2462
中型企业	1993	54.5	17.0	22.8	0	5.7	100	36
	2000	20.9	5.1	62.3	11.7	0	100	350
	2004	8.1	3.2	77.8	10.8	0	100	370
大型企业	2000	17.0	1.9	60.4	20.8	0	100	53
	2004	7.4	1.5	72.1	19.1	0	100	68

注：上表的单位是行百分比。

资料来源：《中国私营企业发展报告 No. 6（2005）》，社会科学文献出版社，第 246 页。

从表 7-1 中可以看出，从 20 世纪 90 年代以来，中国在中小型企业中独资企业的比重显著下降，而有限责任股份有限公司的比重则大幅度上升。尽管我们只有横截面的数据，没有动态跟踪数据，但是，上表至少反映出在 10 年时间里私营企业中主要的组织形态之间的消涨关系。

7.3 协调和激发员工创新

在创业阶段，组织是协调和激发创新活动的复杂机制，它们必须处理更多类型的问题，而不只是提供投资激励和解决敲竹杠问题。

在这方面的治理结构包含两个层面：一是对管理团队的激励；二是对员工的激励。

7.3.1 团队企业家

很多文献都专门论述或涉及凝结在团队上的知识、技能等问题。例如 Doringer 和 Piore（1971）认为团队中一个重要的技能是在既定团队成员的情况下有效操作的技能，威廉姆森（1985）所讨论的任务特质性中非正式的团队适应能力。青木昌彦（2001）认为有一些技能只形成于特定的组织环境中，只能存在于雇员的团队中，这种特殊技能不是个人专用的，所以，它本质上是一种公共物品，个人既不能独占，也不能占有。青木昌彦虽然没有明确提出团队人力资本的概念，但是已经开始涉及团队人力资本的实质及特性。Chillemi 和 Gui（1997）明确提出了团队人力资本的概念，将人力资本扩展到团队上，具体讨论了团队人力资本形成后的要挟和重新谈判问题，其中针对"要挟"又强调了团队人力资本的整体性及团队成员的道德风险问题。但他们定义的团队人力资本过于宽泛，把团队看作一个企业节约信息收集、处理和传递投入的组织选择形式，而团队中的非物质资产都看作团队人力资本。

现有文献中研究人力资本投资都假设人力资本的承载主体是个人，而研究团队基础的人力资本基本没有。我们可以看到，团队人力资本中的知识、技能是无法分解到每个人身上的。结合人力资本理论，团队人力资本是指服务于团队生产经营的、企业和个人共同投资形成的、给企业创造持久性收益并凝结于团队范围内整体人力资本所有者身上的团队专用的知识、技能等，目前常见的团队人力资本投资主要是对团队共同知识、团队精神的投资、无形培训（团队会议）、团队攻关、制度建设等。

这里有两个问题。

首先，团队的一般构成情况怎样？

在风险投资行业有一句名言，"一个伟大的创业者不如一个平庸的团队"。对高科技企业来说，要获取风险投资的资助，创业团队的素质是要考察的重要方面。

在我们的调研中，团队能力建设被创业者们赋予很高的期望值。在日常的工作中，人们往往喜欢那些在各方面和自己相似的人，在选择创业伙伴时，有些倾向于以"合得来"为选择标准，例如同学、同事等，在工作或者商业往来中形成一定的默契，性格上相投，在创业时也可能会走到一起。这导致创业者选择那些背景、教育和经历与自己更加接近的合作伙伴。这种情况在初次创业、年轻人创业中比较普遍。这种构成形式的优势是团队很团结，目标一致，容易达成共识，伙伴可靠，能够做到彼此忠诚，稳定的创业团队是新企业发展的一大基石。其劣势是股份和贡献不容易区分，可能在企业扩大后引起利益方面的矛盾。

另外有些创业者，倾向于以"互补性"为选择标准，例如有"创业激情＋管理经验＋技术"的构成，也有"市场＋管理＋技术＋融资"的构成。这些构成形式的优势是创业团队有宽泛的知识、技术和经验，有利于新企业的成长，利益分割可以找到相对合理的依据。

表7-2 创业不同阶段团队认同的过程

认同手段	描述	初创期——初期的认同形态 (I₁) (initial identity)	成长期——后期的认同形态 (I₂) (newly-formed identity)
思维	自我定位	认为只要具备技术能力，经营能力则自然到位；	专注技术者角色，创造被利用的价值；
	经营思维	关注于技术能力，不在乎利润，对客户需求是模糊的；	市场导向，强调企业的获利能力与关注客户需求；
	管理重点	绩效的认定着重产品质量与项目按期交割	质量要求是前提，以成本控制作为绩效评估之标准
学习	学习范围	仅学习某一项专长；	全方面的学习；
	学习态度	属于被动式学习；	主动式学习、边干边学；
	学习目的	学习在于解决问题，专注在工作上	培养多方面的专长，提升管理和沟通能力

资料来源：根据案例整理归纳。

其次，团队如何解决道德风险问题？

通过对案例的挖掘我们发现，团体成员的选择和稳定存在"自我选择"（self-selection）机制，最终团体成员的思维或行为表征具有高度的一致性，我们还发现：新创企业能否形成认同将是获利或者成功的关键。在团队认同的过程中，管理行为与机制（如结构调整、制度的建立等）扮演了重要的角色，目的在于有效调控团队认同的转化过程，让组织在未来能更具有弹性、自主性地因应复杂的环境。

7.3.2 员工激励

在员工层面上，企业家强调员工的创新精神。创业者们多以精神激励结合物质激励的方式，以共同的创业文化激励员工。例如，案例 PD16 提到：

> "公司本身上是一个比较创新的企业，我们更会鼓励大家去创新，每一个人从招聘进来一开始，你自己的人生观和价值观就要和公司相一致。如果你喜欢一份稳定的工作，一份安定的工作，你就不适合创新的企业。如果你希望能做一些事情，希望能有一些发展，你希望你的专业和你的思维得到扩展，那你就可以选择我们公司进行锻炼学习。因此，公司人和人之间的关系认同感比较强，像有些学校的一些应届毕业生在这里实习或者兼职，都对公司的整体印象比较好"。
>
> "我们这种创业型的公司不可能给员工非常高的工资，这个实事求是。所以我们一直强调的是成就感，但是你一定要做一点事情。第二个呢，我们一方面比较宽松，一方面给予发展的空间，在这里，不管他的年龄、性别、学历怎么样，只要他有能力（就能有发展的空间），第一他能学到很多东西，第二，我们这里没有论资排辈的现象。"

另外一个普遍的做法是给核心员工持股。由于创业企业的离职率一般在 15%~20%左右，有的甚至更高。因此，企业为了保持一定的稳定性，给与骨干员工或者核心员工相对较高的待遇和一定的发展空间。

还有的提出给员工中等偏上水平的收入，根据其贡献给予分红，即使在资金困难的情况下也要给经理人高薪；更为特殊的做法是将企业和员工将来的职业规划连接在一起。例如一家企业提到，

> "其实对核心员工，我们的做法包括一些培训、再教育，我觉得在大学里面（可能）学不到什么，我会送到我们的合作伙伴去接受一些新的技术和新的产品，以及新的一些服务管理理念。需要支付很高的费用，我也很愿意出"。

因此，在企业初创阶段，创业企业流动性大，不少企业要租用办公场所，如何让员工将企业当作自己的事业是企业家要考虑的重点问题。案例 PD15 的观点比较全面：

"我们把激励机制、个人感情等，都结合一块用。（要）给他（员工）一些实惠，（进行）一些情感上的一些交流。说白了，这个核心层凭什么跟着你做，说得好听一点，是看你的人格魅力，人家看你怎么在做事情，这个每个人他心里面都能感受得到的，你怎么对他，他怎么对你。这个在创业初期肯定是这样的，核心层是肯定不能动的。反过来说，这个人不跟了我五年，我不会让他成为核心层的，至少五年，这个相互之间都是有感觉的"。

[你是把人和人的忠诚放在第一位，还是把物质基础放在第一位?]

"两者并用，我觉得感情还是放在第一位，但是物质肯定是要有保证的。作为一个创业公司，有可能赚钱，有可能不赚钱，这就要看老板怎么处理了。比如说我今天赚了 100 块，我 80 块放在自己口袋里面，人家会跟着你干吗。我赚了 100 块，我 30 块放在自己口袋，70 块分给大家，大家都会服气。那你要有这样一个心态。你要是赚了 10 块钱，7 块自己拿，3 块分给大家，人家还跟你干吗，不可能的。所以这个就体现在物质上面，这个还要看领头人的性格。其实我跟大家最常说的一句话就是：我们现在不赚什么钱，我们几个现在坐在一块，把事情做好了，钱是一个附属的东西，它自然会来"。

在众多的案例中，我们发现，员工虽然不拥有资产，但他们一般有较强的激励很投入地工作。因此，Holmstrom 和 Milgrom（1991）强调，资产所有权为许多激励手段提供了可能，而企业的作用在于协调激励手段的综合运用。

对新创企业来说，激励员工的方式有五种：第一，工作本身提供的激励，例如通过职业生涯获得的个人发展，以及对个人前途的评价；第二，社会激励，指在员工之间的信息交流获得的承认；第三，企业内的环境给员工的激励，例如企业的规模、组织架构和领导风格；第四，物质激励，包括与业绩挂钩的报酬；第五，间接的激励，指利用企业的条件完成个人事务，例如网络、电话等，也包括企业内的人际关系，企业家和员工之间的沟通。由于企业家把主要的资源和经历放在市场开拓上，企业家一般没有时间建立有效的激励体系，随着企业的成长，一个有目的的薪酬制度和社会激励将逐步完善起来。

7.4　关系治理

新企业的成功在很大程度上取决于它所获得的人力资源——知识、技术、才能、声誉和合作创业者的社会网络，研究结果表明，这些以及与之相关的因素在新企业的创建和成功中发挥了重要的作用[①]。

在传统的产权理论看来，企业边界与资产所有权是统一的，但在新兴经济里，对资产的控制是一个更微妙的问题。关系网络和长期合作或各种特许协议之类的排他性交易契约的存在，使得研究者创造了"契约资产"的概念，以说明类似于产权理论中所有权的那种杠杆作用[②]。这些"治理契约（Governance Contracts）"是协调市场关系的有力工具。随着非一体化的增加，管理契约看来已变得更加精细，它们将企业置于关系网的中心，而不是看作一组界定明确的资本资产的所有者。

微软和以它为中心的企业间关系网提供了另外一个例证。微软利用控制软件标准这一杠杆，凭借其广泛的正式和非正式的契约网和协议网，在计算机及其他产业获得了巨大影响力，这些网络中既有小的创业企业，也包括英特尔、索尼和通用电器这样的大公司。在中国，创智、中软、神州数码三家软件公司都已和微软签订了协议，共同开发基于微软平台的行业应用解决方案。

这种机制赖以运行的关键显然是相互作用的长期性和重复性。尽管创业型小企业的供货契约名义上是一年一年的，但签约双方都知道业务会持续到更长时间，一般是 4 年或者 5 年。同时，双方预期企业间业务往来是无限期的。在我们的访谈对象中，作为供货方的案例 PD2 很少被更换，这有点类似于日本的模式，在日本的制造业链条中，以丰田供应商协会为例，整个 20 世纪 80 年代，在大约 150 家企业中只有 3 家退出了制造商和供应商网络（Asanuma, 1989）。

---

① Davidsson P., and Honig B. 2003. The role of Social and Human Cpital among Nascent Entrepreneurs. *Journal of Business Venturing*,18, pp.301-331.

② Kotlikoff L. J., T. Persson, L. E. O. Svensson. 1988. Social Contracts as Assets: A Possible Solution to the Time-Consistency Problem. *The American Economic Review*, vol.78, no.4, pp661-677.

7.4.1 关系网络的特征

关系网络可以广泛地定义为一组成员（个人或组织）以及成员之间的联系（Birley，1985），因此，网络被视为是新创企业接触与获得外部资源的渠道，通过人际间及组织间的关系，新创企业可接触与获取其他行动者拥有的多种资源（Gulati, Nohria & Zaheer, 2000）。相较于成熟、大型的企业，新创企业资源较稀少，更依赖与其他行动者的联结及互动。

新创企业的网络研究虽然有很多不同的议题，但是，大致而言，理论与实证研究探索的核心问题可区分为两类。第一种类型为网络如何影响创业过程，以及网络对新创企业的绩效影响。另一类研究问题为创业活动与结果如何回馈、影响网络发展，属于程序导向，研究焦点为网络的动态发展与变化。

7.4.2 从关系网络中所得

我们根据后一种研究导向来分析，分为以下两个阶段，即"初创期网络"和"成长期网络"。

1. 初创期网络

在初创期企业家与创业合作伙伴，基于彼此的关系和感情建立起关系网络。具体而言，企业家有了创业构想，借助其人脉关系，即通过其个人的关系与感情，寻找伙伴共同创业，创业团队成员因为信任企业家，因此愿意加入创业团队；企业家同样也可通过其关系与感情，寻找合作厂商（包含供货商、经销商等），这些厂商因信任企业家，因此愿意与新创企业合作。

在初创期利益因素部分，合作伙伴希望与企业家合作，未来可获得经济报酬，因此合作伙伴会评估企业家拥有资源的多少，评估与其合作后可获得的经济利益（Gulati, 1998）。

结合对案例的分析，可以看出，在初创阶段，新创企业主要通过人际关系网络为其创业做准备；但是，在中国新兴市场上，产业结构和技术变革对人际关系网络的作用产生干扰效果，使人际网络的影响力下降。这一点在我们前面第4章已经论及。新创企业所付出的还包括未来成长前景，虽然经济前景尚不确定。新创企业在初创阶段的网络特征的归纳见表7-3。

对于企业的获取，两位企业家（案例PD3、PD9）曾提及：

> 在创业阶段，刚开始的时候主要一个就是包括一起合作的人，大家互相提供一些信息，（这些信息）比如说经营场所方面的，还有技术方面的，还包括一些客户方面的。刚开始主要靠

外面的人帮忙，朋友之间的帮忙。没有朋友是做不下去的。

我和一些合作伙伴的朋友谈论一些新的产品，新的技术，开始的时候你就要有一个敏感性，很多人听到了也就听到了，你听到以后你就要去考虑，是否可以和公司的业务挂钩，或公司可不可以做这一块的东西，怎么样把一个不成熟的理念，把它做成实施，可以真正做到创业，做到市场化。

对于企业的付出，一位企业家（案例PD2）曾经表示：

我以前的公司，他们对我有很大的帮助。他把他们公司的业务给我来做，我们的技术产品开发和他们的业务，虽然没有正式的组织结构，但是，我们和他们就是彼此合作模式，虽然我们在不同的公司，大家是互相帮忙的。……我们的规模太小，他们的规模很大，就把我们看做是 R&D 部门，有项目就介绍给我们做。

表 7-3　新创企业初创阶段的网络治理特征

	初创阶段
对象来源	人际关系网络主导
新创企业付出	社会资本 • 情感（友谊） • 默契、沟通 • 信任 未来成长前景
新创企业获得	推荐效果 市场机会信息 资源互补 资金支持

2. 成长期关系网络

有关成长期网络方面，指新创企业与新合作伙伴间的关系（新伙伴包括新加入的高阶主管和新合作厂商）。具体而言，新创企业步入成长期后，企业家仍可通过其个人的关系与感情，寻找合作伙伴，吸引新的个人加入新创企业（如新的股份）；此外，企业家亦可通过其关系与感情，寻找新的合作厂商（如新供货商、新经销商等）（Birley, 1985）。

在成长阶段，网络的发展已开始在创业团队的人际网络之外，逐渐地出现围绕业务关系出现的"合作伙伴"为交易对象的组织网络。因此，新创企业提供合作伙伴的好处归结为实质、立即的有形报酬，包括：价值创造与商业基础的网络式组织效益。新创企业获得的利益包括信息、财务绩效、推荐效果及组织信誉等。

在成长阶段，一位企业家（案例PD16）曾表示：

> "我们现在控股的网站'全球 IP 联盟'在业内已经具有相当的影响，在上海很多 IP 通信公司的老总和他们的客户都有推荐，推荐新的服务模式，推荐员工等"。

另一位企业家（案例PD3）也认为：

> "关键是和客户建立的一种信任的关系；特别是为国外的客户提供服务"。"因为我在那里（原来的公司）做了 2 年，取得了一些很特殊的资源，取得了一些客户的信任，比如说有些客户觉得小伙子做事比较踏实，其实作为一个高端用户来讲，有些潜规则对他不一定有作用，你是要负责任的"。

表7-4　新创企业成长阶段的网络治理特征

	成长阶段
新创企业付出	价值创造
	商业基础的网络式组织效益
新创企业获得	组织信誉
	财务绩效（有现金流）
	信息
	推荐效果

7.5　战略方向的相机调整

根据 Levy（1994）的看法，一个新兴产业的变化是内生的（endogenous），这种变革的力量不仅来自于新科技的发明，包括新企业的进入或既有企业的退出也都会造成产业的重大改变，Dell 计算机的出现就是一个绝佳的例子。也就是说，产业环境亦是由行动者互动出来的，这些行动者包括了供货商与顾客，只要有新的行动者进入或既有行动者的退出，就会再互动出新的产业环境，如此反复下去，于是形成了"间断均衡"（punctuated equilibrium）的产业环境。

以 e-学习行业为例，在我们的案例中，有 3 家涉足各类学习软件的定制和外包。作为一个新兴的产业，初期的产业环境一般是由国外大公司例如 IBM 等决定的。开始时企业用户对于学习软件存在着需求。国外公司 IBM 等很早凭借着其技术能力首先推出最初的学习平台，并且花费很大的精力提高学习软件的认可度。这些开始让学习软件越来越受到企业界的关注，进一步带动了更多新创企业的进入和跟随。

然而，到了一定阶段，越来越多的企业用户发现他们真正需要的是定制化的工具与课程内容，而既有的标准平台产品无法满足他们的需求。所以当案例 PD1、3、4 在 2003 年左右进入市场后，他们提出根据客户需要进行定制的做法获得了一些外包和定制合同。

然而，这种定制和外包的做法并不能保证稳定的现金流，因此多数新创企业一直处于亏损或者维持的状况。在案例 PD4 中，环境的变化使得企业进行了第一次组织精简，并且将办公室迁出创业中心大楼。当市场转为对课程内容有专业需求的时候，企业寻求与教育主管部门以及大学商学院的合作，联合推动其开发的商道模拟软件的应用。但是，其超前的设计理念和现有的需求之间存在差距，这使得企业想尽全力推动高校商学院应用的策略进展迟滞。

在复杂的产业环境中，新创企业会根据过去的经验以及其对于产业环境的看法而发展出一组行动逻辑，包含了许多行动准则，这些行动准则也就支配着其行为。当企业采取行动后，假若结果是有利的，那么就会强化企业既有的心智模式；假若行动的结果是不利的或是不符合企业的预期，那么就会造成心智模式的改变，新创企业也就在这个学习的过程中去修正、调整其行为。

从事多媒体开发的案例 PD15 是一个典型，2003 年公司成立。

> "刚开始的时候，我们做的是教育软件，我们共同开发了 70 多种品种的教育光盘，在全国销售了 300 万张，应该说这个对我们公司来说是奠定了一个发展基础，是比较成功的一点，……，从这以后，我们也在探讨多媒体服务业，我们觉得每次面对的都是不同的客户，客户的要求每家不一样，所以对我们的要求也比较高。所以说我们觉得从企业发展来说，赚小

钱可以，到发展阶段，这种模式是不可以的。所以我们目前一直都在寻求这种与个人工作室和小型企业拉开距离的产品，我们现在做的最多的是软硬件的系统集成，就是说我们做多媒体的软件，同时我们还做多媒体的硬件。就是说我们之前的业务方向比较杂，包括多媒体软件、教育课件、动画、影视、网站、平面设计等，但是现在，我们在逐步地收缩，平面设计、网站、影视等都不做了。今后发展两个主要的业务：多媒体软硬件集成和动画。相对创业初期的时候，服务缩减了很多。……，对于将来，有这样的一个打算，逐渐摆脱这种以做项目为主的方式，改向（开发）有核心（优势）的产品，就是说我不是单单的做别人能做的产品，我要做我能做、别人不能做的产品，或者说别人做的永远没有我好的东西（产品）"。

此外，另一个从事网络技术开发的案例 PD16 也可以让我们了解到复杂环境的变化导致行动改变的过程。公司成立于 2004 年，

"在我们的创业过程中，现在的主业和初期的想法不完全一样。因为我觉得在国内，大部分创业的成功很少是因为技术的创新，更多的是因为模式的创新。技术的创新相对来说还是比较难的，大部分最高端的技术还是在欧美，国内的企业很多是复制或者说是从中低端做起来的。但是模式上，中国的一些企业做的还是非常成功的。我们最初追逐的是技术型，最早开发的一个产品是真空还原防护控制。后来发现国内的市场和我们想象的完全不一样，主要因为国内软件可接受的价格远远低于国外，给我们带来的这个盈利前景远远低于预期。而且在安全行业里面，国内还是有很多的限制。首先，产品的资格认证需要相当大的人力和物力投入。第二，开发安全产品的企业的信用、规模比较重要。如果企业没有上一定规模的话，客户是不放心的。所以我们后来开始转向非技术型，或者是非完全技术型的，转向了通讯媒体行业。2005 年我们收购了全球 IP 通信联盟网站，当时的考虑就是两块业务要一起发展，现在我们合作的企业都是一些全球 500 强的企业，像富科、微软等，……，还有，我们的会员连锁已经达到 12 万个，现在还是以每个月大概 5000 个左右的速度在上升。在下一代媒体通讯行业里，现在已经处于遥遥领先的位置。目前在这个行业，所有的通讯都在往 IP 方向转变。而且不仅仅是通讯，像网络、数据、电视、娱

乐、游戏等都在往 IP 这个行业转型，所以我们定位在下一代网络通讯方面，传统的网络通讯不是我们关注的焦点"。

因此，在一个新兴产业当中，由于产业结构并不完整，而且进入障碍的建立相当困难，因此新创企业的进入与退出会相当频繁。每当有新的企业进入，产业的多样性（Variety）就会提高，进一步增加产业的创新机会。新的战略方向的建立通常需要一段时间，所以企业试图缩短新的行动方式的建立时间。其中，企业家在此过程中承担主导的角色（Benyamin & Lichtenstein，2000）。企业家在环境的变化中认知到新的机会，进一步发展出模糊的愿景，通过模糊的愿景来制定新的行动方案，企业行动的调整在于短期的相机选择（Emerging Option）。

7.6 新创企业的治理特征：基于 3 个城市的调查

以下的定量数据来源于导言部分提到的、课题组于 2005 年 8～10 月在中国深圳、成都和兰州进行的小企业调查。

在分析之前解释一个新的变量：企业年龄，这是根据企业回答的注册时期给与适当分期，分为三期：1992 年前为第一期，1993～1999 为第二期，2000 年后为第三期，相对前两期 2000 年以后注册的我们称之为新创企业。分期的理由有二，一是 1992 年开始我国非国有经济进入另一个新的发展阶段，而 1999 年到 2000 年经历了经济的软着陆。另外以五年作为一个周期，也比较吻合中国创业企业的生命周期。

7.6.1 新创企业的组织形式

在问卷中，我们的问题是"请指出企业的注册性质"，在选项中根据国家统计局的标准列出 12 种选择，分别是私营企业、集体企业、合伙制企业、有限公司（私人控股）、有限公司（国有企业控股）、股份公司（私人控股）、股份公司（国有企业控股）、国有企业、混合所有制企业、中外合资企业、外商独资企业、其他等。经过相似类型归类后有表 7-5 所示几种组织形式。

表 7-5　新创与其他企业组织形式的比较

企业年龄		企业组织类型							合计
		有限公司（私人）	私营企业	股份公司（私人）	集体企业	合伙企业	国有企业	其他	
Pre-1992	样本数	60	80	8	52	4	29	7	240
	比例	25%	33.3%	3.3%	21.7%	1.7%	12.1%	3%	100%
1993-1999	样本数	218	169	15	21	9	23	16	471
	比例	46.3%	35.9%	3.2%	4.5%	1.9%	4.9%	3.3%	100%
2000-2005	样本数	393	247	26	13	19	31	15	744
	比例	52.8%	33.2%	3.5%	1.7%	2.6%	4.2%	2%	100%
合计	样本数	672	496	49	86	32	83	38	1456
	比例	46.2%	34.1%	3.4%	5.9%	2.2%	5.7%	2.6%	100%

注：卡方值 184.507，P 值 0.000。

从整体而言，新创企业和其他时期创办的企业在组织形式的选择上体现大体相同的特点，即私营企业或者私人有限公司占主流。这是与小企业天然的管理特征相适应的，因为小企业管理具有明显的企业家个体色彩，对企业的组织依靠过去的经验或信息来带领员工，他们的问题是能否形成专业化的管理能力，很明显这将制约企业的成长（Storey，1993）。但是，上表也说明了样本企业中，2000 年后新创企业采取私人控股的有限公司形式的占比高达 52.8%，高于前两个组 6.5 和 27 个百分点，也高于平均水平 6.6 个百分点。尽管两者只有 6.6% 的差距，但因为是大样本，故卡方检验结果显示两者间有所关联（林震岩，2007）。这和《中国私营企业发展报告 No.6》的结果是基本一致的，说明当前的新创企业更多地采取融资能力更强的有限公司的形式。

7.6.2　所有者掌握控制权

在被调查企业中，所有者同时担任管理者说明了小企业突出地表现为保持高度控制权，样本平均水平达到 92.1%（参见表 7-6）。在这一点上，新创企业和其他企业并没有明显差异。这样的情况和《中国私营企业发展报告 2004》也是一致的，但是，该报告认为，"私营企业在改革开放之后的中国得以重生，具有一定的内生性，但它们缺乏自发演化的市场环境，表现为'组织形式'早熟于企业的'管理内容'。换句话说，不少私营企业虽然在组织形式上登记为有限责任公司，但同发达的市场经济社会里那些有限责任公司的内部管理相比，却相去甚远"。这样的判断我们认为可能有失偏颇。看看发达市场经济国家的小企业管理，大多数仍是具有浓厚的企业家色彩，管理不善，内部控制不全等等，企业成长经常带给企业家管理方面的压力等等。隆吉内科甚至指出，"尽管大企业可能面临管理不善的问题，实际上小企业才真正对得上这样的不足，它们称得上运营或者管理都是夸大其词的"（Longenecker, 2006）。

表 7-6　新创与其他企业控制权的比较

企业年龄		企业所有者兼任管理者		合计
		否	是	
Pre-1992	样本数	32	206	238
	比例	13.4%	86.6%	100%
1993-1999	样本数	32	437	469
	比例	6.8%	93.2%	100%
2000-2005	样本数	48	690	741
	比例	6.9%	93.1%	100%
合计	样本数	115	1334	1449
	比例	7.9%	92.1%	100%

注：卡方值 15.948，P 值 0.068。

7.6.3　治理结构对企业的重要性

当企业家被问及当前治理结构对企业的成长的重要性时，排在前三位的选择分布情况如下（总样本数为899），见表7-7，7-8，7-9。

表 7-7　治理结构对企业的重要性（第一选择）

	融资能力	供应商网络	人力资源激励	内部管理
Pre-1992	64	8	25	24
1993-1999	99	9	21	16
2000-2005	220	43	34	3
合计	383	60	80	43

注：卡方值 57.394，P 值 0.000。

表 7-8 治理结构对企业的重要性（第二选择）

	融资能力	供应商网络	人力资源激励	内部管理
Pre-1992	37	13	20	36
1993-1999	74	7	44	30
2000-2005	116	33	62	23
合计	227	53	126	89

注：卡方值 36.940，P 值 0.044。

表 7-9 治理结构对企业的重要性（第三选择）

	融资能力	供应商网络	人力资源激励	内部管理
Pre-1992	42	23	28	22
1993-1999	64	19	45	31
2000-2005	74	48	83	43
合计	180	90	156	96

注：卡方值 26.605，P 值 0.541。

总的来说，在这四个因素中，对企业成长的重要性排序是

"融资能力>人力资源激励>内部管理>供应商网络"。

但是在新创企业样本那里，在三次选择中，排序有些细微但是很重要的调整。

第一次选择的顺序是

"融资能力>供应商网络>人力资源激励>内部管理"；

第二次的选择顺序是

"融资能力>人力资源激励>供应商网络>内部管理"；

第三次的选择顺序是

"人力资源激励>融资能力>供应商网络>内部管理"。

这样的选择和其他企业的选择顺序有差别，认识到这一点是很重要的。因此，统计分析表明，我们对新创企业治理结构主要特征的判断是可以验证的。

第 8 章

结论及政策建议

　　企业为什么存在？其功能是什么？是什么决定了它们的范围？这些仍然是组织经济学的核心问题，也是业务主管和公司战略家的核心问题。据专门跟踪企业并购活动的英国 Dealogic 公司的资料称，2005 年全球的公司并购活动依然踊跃，总额达到创纪录的 4 万亿美元。如果没有某些潜在的经济收益，我们很难想象会有如此多的时间、精力和投资银行家的酬金花在企业边界的调整上。几乎与此同时，企业向规模的小型化方向发展，不少企业甚至只是一家"虚拟公司"，只雇佣少数几个人，但它的产品（或者设计）销售额可以过亿。有的企业只是构思新产品，其涉及开发、制造和分销的每一件事基本上都是通过其他众多的企业来进行。这些案例中的关键资产当然是品牌控制，它使企业拥有巨大能力去调控各参与方之间的关系。

　　其实，过去 30 年里（1978～2008 年）经济活动的变化有力地表明，一些重要的经济力量决定了组织的边界。

8.1　主要结论

　　本文的主要结论归纳如下：

　　（1）对企业家理论和企业理论的梳理，我们发现两者没有很好地融合，原因在于，即使是科斯的案例做法也是针对成熟的企业或者大企业。但是，我们还是在企业理论中发现了企业家的角色，在企业家理论中发现了企业的角色。

　　（2）我们延续奈特和卡森的研究思路：企业是企业家拥有的资源的集合器，可以从企业家的决策出发研究企业。

（3）研究企业家不能研究谁是企业家，而是企业家做了什么，尤其对于创业企业更是如此，因为创业企业和企业家是共同成长的。因此我们从过程的角度，从行为经济学的角度研究企业家，认为企业家就是具有对市场机会的敏感、具备管理者和所有者双重身份、实施将创意转化为真实的创业行为（过程）的人。

（4）创意是企业家决策的出发点，它难以市场化，或者市场化的成本很高。企业家在多层次和复杂的激励下开始创办企业。

（5）对于创业企业的性质，杨其静的核心观点是：创业企业是企业家的自我定价器；张军的核心论点是：企业家的出现必然是一个"自己选择自己"的结果：即通过创办自己的企业来将自己与他人区别开来。这些观点对于本研究的立论很有启发。

（6）与这些研究相同的是我们承认创业企业是以企业家为中心签约人的组织，企业是创业者实现其人力资本的途径。不同的是，我们进一步认为：创业企业是企业家和外部环境的共同演化机制，企业还是企业家运用一定的认知机制，推测环境状态，预测行动结果，为解决问题而进行决策的组织。

（7）放在中国经济转型的大背景下，我们建立了一个简单的制度演进和企业家创业的理论模型，并借用青木昌彦的交易域，分析了两者之间的互动，尤其是企业家推动了制度的演进。

（8）企业家不是万能的，他是有限理性的。在现有的模型中，不论是以企业为中心，还是以企业家为核心，各种模型都默认着理性的个体，否则怎么做最优分析！在我们的分析中，企业家具有宽泛的创业激励，有的是经济理性的，有的是社会的，企业家不是万能的，他需要其他个体一起建立企业。建立企业的过程还是学习的过程。

（9）我们对于企业家学习的分析起点受到演化心理学的启发，企业是促使企业家和社会交流，提高环境适应性的制度设定。

（10）新创企业的治理结构处于不断的发展过程中，因为它不像大企业那样稳定，其治理结构的特点可以被归纳为以下三个方面。开发性结构：资源必须义无反顾地投入到收益不确定的投资项目中。组织整合：收入是通过人力和物质资源的整合产生的。战略的方向：资源被用来克服其他公司认为是给定的市场和技术条件限制。我们主要运用案例的方法来重点突出五个方面的治理特征：企业家保持控制权、组织结构的动态演化、协调和激发员工创业精神、关系网络治理和战略方向的相机调整等。

8.2 扩展方向

进入 2000 年以来，在国外的文献中，将企业家精神和企业理论的融合研究成为一个值得注意的领域。我们进行的研究是"中英中小企业创业行为的比较研究"项目的成果，因为进行案例访谈始终绕不开"创业企业为什么会存在"的问题。

但是，正如研究者提到的，企业家个体主义的出发点是好的，但是要很完美地融合到新古典经济学中却不是那么容易。因此，要走向这一步，还需要很多的试验准备，这是今后需要进一步提升的方向。

我们主张用彻底的个体主义来研究企业家，因此支持论点的大部分证据都是轶事的和主观主义的。我们的研究大都基于现有成果、报纸报道、案例研究和我们曾经进行的研究工作的进一步提炼，而不是人们理想中的系统性证据。但是，我们指出的这些方面，是今后的理论分析可以关注的领域：例如企业的跨边界合作、企业家如何组织一组交易并影响其他交易等等。

最后，我们要强调的是，在文章的阐述和论证中有不完整之处，笔者希望可以激发新的理论研究。

致 谢

首先要感谢国家自然科学基金（70402007）对一个青年人的慷慨资助，在本书完成之际，心中不免感慨，这只是自己在科学研究上完成了一点基础性的工作，并希望能进入经济学研究的圣殿。也要感谢中国地质大学（武汉）人文社科基金项目的支持。

本报告的完成更是要感谢我的博士后合作导师王振中研究员、胡家勇研究员和裴小革研究员。我于 2004 年 10 月进入我心目中的最高研究学府之一的中国社会科学院继续从事博士后研究，导师给了我宽松的研究环境，在经济所的课题研究中亦给予博士后们发挥的空间。饶是如此，更勉力前行，唯觉与导师交流的时间不够，直至人事处乔丽女士不得不善意地提醒：再这样下去就成了"资深博士后"。我的导师胡家勇经常的鼓励和平易近人的关怀，是我在本研究遇到困难时勇往直前的最大鞭策。在我的博士后报告评审会上，中国人民大学的顾海兵教授和中国社科院经济研究所的剧锦文研究员除了"照例"给我戴点高帽外，更多的是客观地指出了研究中还需要进一步改进的地方，这些意见使我在后期的修改过程中仿佛打通任督二脉，如鱼得水。

也要感谢我工作单位的领导和同事，没有成金华教授无私的帮助，没有他的勉励和关怀，研究不能如期完成。我的同事苏晓燕、胡怀敏和我的研究生程文景、欧阳骁等为调查和案例整理作出了极大的努力，整理案例录音的工作是需要很大的耐心和专注精神的。

本研究也是我们团队合作的结晶，在苏晓燕教授的引荐和成金华教授的鼎力支持下，我们和项目的英方合作者——英国 Kingston 大学 David Smallbone 教授（后来是中国地质大学客座教授）从 2001 年开始合作，在我们眼里亲切的"老大卫"以他从未变通的严谨将我们的视角逐步带到国际研究的学术前沿，而自己愈发感受到学无止境，逆水行舟不进则退。本书的研究写作分工如下：付宏：第 5、6 章；苏晓燕：第 7 章；胡怀敏：第 1 章；程文景：第 2 章；肖建忠：第 3、4、8 章。此外，也感谢 Monash 大学提供了优良的研究条件。

在项目研究期间，我的妻子唐艳艳女士在完成繁重的教学工作的同时，一力挑起全部家务，鼓励我全身心地投入研究和学习。我们的儿子迪迪在我做博士后期间出生，尽管研究工作因此而延长，但是这本来就是生活中值得浓墨重彩的一笔，因而真心感谢她（他）们的贡献。

肖建忠

2007 年 12 月初稿于 Monash 大学

2008 年 11 月完稿于武昌

参考文献

Aghion, P., Bolton,P. (1992). An Incomplete Contracts Approach to Financial Contracting. *The Review of Economic Studies*, 59(3), 473-494

Aghion P., Howitt P. (1992). A Model of Growth Through Creative Destruction. *Econometrica*, 60(2), 323-351.

Ahuja, G. (2000). The Duality of Collaboration: Inducements and Opportunities in the Formation of Interfirm Linkages. *Strategic Management Journal*, 21(3), 317-343.

Akerlof, G., Kranton, R. (2005). Identity and the Economics of Organizations. *Journal of Economic Perspectives*, 19(1), 9-32.

Alchian, A. A., and Harold Demsetz. (1972). Production, Information Costs, and Economic Organization. *American Economic Review*, 62 (December), 777-795.

Aldrich, H.E. (1999). Organizations evolving. Sage Publications.

Aoki, M. (2001). Towards a Comparative Institutional Analysis. Cambridge, Mass: The MIT Press. Saras D.

Asanuma, B. (1989). Manufacturer-Supplier Relationships in Japan and the Concept of Relation Specific Skill. *The Journal of the Japanese and International Economies*, 3(1), 1-30.

Baker, G., Gibbons, R., Murphy, K. (2002). Relational contracts and the theory of the firm. *Quarterly Journal of Economics*, 117(1), 39 - 81.

Baldwin, G. B. (1951). The invention of the modern safety razor: A case study of industrial innovation. *Explorations in entrepreneurial history*, 4(2), 73-102.

Banerjee A., Newman A. (1994). Poverty, Incentives, and Development. *The American Economic Review*, 84(2), 211-215.

Baron, J. N., Burton, M.D. and Hanna, M.T. (1999). Building the Iron Cage:

Determinants of Managerial Intensity in the Early Years of Organizations. *American Sociological Review*, 64(4), 527-547.

Baron, J. N., Burton, M.D. and Hannan, M.T. (2001). Labor Pains: Change in Organizational Models and Employee Turnover in Young, High-Tech Firms. *American Journal of Sociology*, 106(4), 960–1012.

Barzel, Y. (1982). Measurement Cost and the Organization of Markets. *Journal of Law and Economics*, 25(1), 27-48.

Barzel, Y. (1987). The Entrepreneur's Reward for Self-Policing. *Economic Inquiry*, 25(1), 103-116.

Baumol, W. (1993). Entrepreneurship, management and the structure of payoffs. Cambridge, MA: MIT Press.

Baumol, W. J. (1990). Entrepreneurship: Productive, Unproductive, and Destructive. *Journal of Political Economy*, 98(5), 893-919.

Benyamin, M., Bergmann Lichtenstein. (2000). Emergence as a process of self-organizing:New assumptions and insights from the study of non-linear dynamic systems. *Journal of Organizational Change Management*, 13(6), 526-544.

Berger, P. & L., T. (1966). *The Social Construction of Reality: A Treatise its the Sociology of Knowledge*. Garden City, New York: Anchor Books.

Bhide, A. V. (2004). 新企业的起源与演进. 北京: 中国人民大学出版社.

Birley, S. (1985). The Role of Networks in the Entrepreneurial Process. *Journal of Business Venturing*, 1(1), 107-117.

Brandstaitter, H. (1997). Becoming an entrepreneur- a question of personality structure? *Journal of Economic Psychology*(18), 157-177.

Brockhaus, R. H. (1980). Risk taking propensity of entrepreneurs. *Academy of Management Journal*, 23(3), 509-520.

Brockhaus, R. H., Horwita, P. S. (1986). The Psychology of the Entrepreneur. In D. L. S. a. R. W. Smilor (Ed.), the Art and Science of Entrepreneurship (pp. 25-48). Cambridge. MA: Ballinger.

Burton, D. M. (2001). The company they keep - Founders' models for organizing new firms. In C. B. Schoonhoven, Romanelli, E. (Ed.), The entrepreneurship dynamic-Origins of entrepreneurship and the evolution of industries. Stanford, CA: Stanford University Press.

Camerer, C., Lovallo, D. (1999). Overconfidence and Excess Entry: An Experiment Approach. *The American Economic Review*, 89(1),

306-317.

Cantillon, R. (1755). Essai sur la Nature du Commerce en Generale. London: Macmillan.

Casson, M. C. (1982). The Entrepreneur: An Economic Theory (2nd. ed. Edward Elgar, 2003 ed.). Oxford: Martin Robertson.

Casson, M. C. (1997). Information and Organization: A New Perspective on the Theory of the Firm. Oxford: Clarendon Press.

Casson, M. C. (1999). Entrepreneurship and the Theory of the Firm. In Zoltan J. Acs, Bo Carlsson and Charlie Karlsson (Ed.), Entrepreneurship, Small & Medium-Sized Enterprises and the Macroeconomy (pp. 45-78.). Cambridge: Cambridge University Press.

Cheung, S. (1983). The Contractual Nature of the Firm. *Journal of Law and Economics*, 26(1), 1-21.

Chillemi, O., Gui, B. (1997). Team Human Capital and Worker Mobility. Journal of Labor Economics, 15(4), 567-585.

Coase, R. (1937). The Nature of the Firm. *Economica*, November(4), 386-405.

Cole, A. H. (1946). An Approach to the Study of Entrepreneurship: Attribue to Edwin F. Gay. *The Task of Economic History(supplement VI of the Journal of Economic History)*, 1-15.

Collins, O., Moore, D. G. (1970). The Organization Makers. New York: Appleton-Century-Crofts.

Cooper, A. C., Dunkelberg, W. C., C. Y. Woo. (1988). Entrepreneurs perceived chances for success. *Journal of Business Venturing*, 3(2), 97-108.

Davids, L. E. (1963). Characteristics of small business founders in Texas and Georgia. Athens, Ga.: Bureau of Business Research. University of Georgia, June.

Demsetz, H. (1967). Toward a Theory of Property Rights. *American Economic Review*, 57(2), 347-359.

Denzau, A., North, D. (1994). Shared Mental Models: Ideologies and Institutions. Kyklos, 47(1), 3-31.

Dixit A, Stiglitz J (1977). Monopolistic Competition and Optimum Product Diversity. *The American Economic Review*, 67(3), 297-308.

Doeringer, P., M. Piore. (1971). Internal Labor Markets and Manpower

参考文献

139

Analysis. Lexington, MA: DC Heath and Company.

Doucouliagos, C. (1995). Institutional bias, risk, and workers' risk aversion. *Journal of Economic Issues*, 29(4), 1097-1118.

Dow, G. K. (1993). Why Capital Hires Labor: A Bargaining Perspective. *The American Economic Review, 83*(1), 118-134.

Drucker, P. F. (2006). 下一个社会的管理 (蔡文燕译). 北京: 机械工业出版社.

DTI. (2002). A Progress Report on Social Enterprise: a Strategy for Success (Publication). Retrieved Sep 9, 2006:

Dubini, P., H. Aldrich. (1991). Personal and Extended Networks Are Central to the Entrepreneurial Process. *Journal of Business Venturing*, 6(5), 305-313.

Fama, E. F. (1980). Agency problems and the theory of the firm. *Journal of Political Economy*, 88(2), 288-307.

Foss, K., Foss, N., Peter G. Klein. (2007). Original and Derived Judgment: An Entrepreneurial Theory of Economic Organization. *Organization Studies*, 28(6), 1-20.

Foss, K., Foss,N., Klein,P., Klein, S. (2007). The Entrepreneurial Organization of Heterogeneous Capital. *Journal of Management Studies* (forthcoming).

Foss, N., Klein, P. (2005). Entrepreneurship and the Economic Theory of the Firm: Any Gains from Trade? In R. Agarwal, Alvarez, S., Sorenson,O. (Ed.), Handbook of Entrepreneurship: Disciplinary Perspectives: Kluwer.

Glancey, K. S. and McQuaid R. W. (2000). Entrepreneurial Economics: MacMillan Press Ltd.

Grossman, S. J., Hart, Oliver D. (1986). The Costs and Benefits of Ownership: A Theory of Vertical and Lateral Integration. *The Journal of Political Economy*, 94(4), 691-719.

Guangjin Chen, J. L. a. H. M. (2006). Who are the Chinese Private Entrepreneurs? A Study of Entrepreneurial Attributes and Business Governance. *Journal of Small Business and Enterprise Development, 13*(2), 148-160.

Gulati, R., N. Nohria, A. Zaheer. (2000). Strategic Networks. *Strategic Management Journal*, 21(3), 203-215.

Hart, O., Moore, J. (1990). Property Rights and the Nature of the Firm. *The Journal of Political Economy*, 98(6), 1119-1158.

Hart, O. (1995). Firms, Contracts, and Financial Structure. Oxford: Clarendon Press.

Hart, O., Moore, J. (1999). Foundations of Incomplete Contracts. *Review of Economic Studies*, 66(1), 115-138.

Hayek, F. A. (1948). Individualism and Economic Order. Chicago: The University of Chicago Press.

Hebert, R. F. a. L., A. N. (1989). In Search of the Meaning of Entrepreneurship. *Small Business Economics, 1*(1), 39-49.

Hisrich, R. D., Michael P. Peters, and Dean A. Shepherd. (2005). *Entrepreneurship* (6 ed.). New York: McGraw-Hill Irwin.

Hite, J. M., W. S. Hesterly. (2001). The Evolution of Firm Networks: From Emergence to Early Growth of the Firm. *Strategic Management Journal*, 22(3), 275-286.

Holcombe, R. G. (1998). Entrepreneurship and economic growth. *Quarterly Journal of Austrian Economics*, 1(2), 45-62.

Holmstrom, B., Paul Milgrom. (1991). Multitask Principal-Agent Analyses: Incentive Contracts, Asset Ownership, and Job Design. *Journal of Law, Economics, and Organization*, 7(Special Issue), 24-51.

Howitt, P., McAfee, R (1992). Animal Spirits. *The American Economic Review*, 82(3), 493-507

Hull, D., JJ Bosley, and GG Udell. (1980). Reviewing the Hunt for the Heffalump: Identifying Potential Entrepreneurs by Personality Characteristics. *Journal of Small Business Management*, 18, 11-18.

Human, S. E., K.G. Provan. (1997). An Emergent Theory of Structure and Outcomes in Small-Firm Strategic Manufacturing Networks: *Academy of Management Journal*, 40(2), 368-403.

Iyigun Murat F, Ann L. Owen (1999). Entrepreneurs, Professionals, and Growth. *Journal of Economic Growth*, 4(2), 213-232.

Jensen, M. C., Meckling, W.H. (1976). Theory of the Firm: managerial behavior, Agency costs and Ownership Structure. *Journal of Financial Economics*, 3(4), 305-360.

Kahneman, D., Tversky, A. (1979). Prospect Theory: an analysis of decision under risk. *Econometrica*, 47, 263-291.

Kihlstrom Richard E, Jean-Jacques Laffont (1979). A General Equilibrium Entrepreneurial Theory of Firm Formation Based on Risk Aversion. *The Journal of Political Economy*, 87(4), 719-748.

Kirzner, I. M. (1973). *Competition & Entrepreneurship*. Chicago: University of Chicago Press.

Kirzner, I. M. (1985). The Perils of Regulation. In idem (Ed.), Discovery and the Capitalist Process. Chicago: University of Chicago Press.

Knight, F. (1921). *Risk, Uncertainty and Profit*. Boston, MA: Houghton Mifflin.

Kreps, D. M. (1990). *Game Theory and Economic Modelling*. London: Oxford Scholarship Online Monographs.

Kshetri, N. (2007, July 22-24). Forces of Institutional Changes Affecting Entrepreneurship in China. Paper presented at the The Cornell-McGill Conference on Institutions and Entrepreneurship, Cornell University, Ithaca, NY.

Langlois, R.N., and Robertson, P.L. (1989). Explaining vertical integration: Lessons from the American Automobile Industry. *The Journal of Economic History*, 49 (2), 361-375.

Larson, A., J.A. Starr. (1993). A Network Model of Organization Formation. Entrepreneurship: Theory and Practice, 17(1), 5-15.

Lee, C., K. Lee, J. M. Pennings. (2001). Internal Capabilities, External Networks, and Performance: A Study of Technology-Based Ventures. Strategic Management Journal, 22(special issue), 615-640.

Levy, D. (1994). Chaos theory and strategy: theory, application, and managerial implications. Strategic Management Journal, 15 (Special issue), 167-178.

Longenecker, J. G., Moore, C. W., Peter, J. W., and Palich, L. E.. (2006). Small Business Mangement: An Entrepreneurial Emphasis (13 ed.): Thomson, South-Western.

Lumpkin, G. T. a. G. G. D. (1996). Clarifying the entrepreneurial orientation construct and linking it to performance. *Academy of Management Review, 21*(1), 135-172.

LundstrÖm, L. S. a. A. (2006). *Entrepreneurship Policy: The Case of the People's Republic of China*.Unpublished manuscript.

Macneil, I. (1978). Contracts: Adjustments of Long-term economic relations under classical, neoclassical and relational contract law. Northwestern University Law Review, 72(6), 854-905.

Malmendier, U., Tate, G., Yan, J. (2005). Corporate financial policies with overconfident CEOs.Unpublished manuscript, Stanford University.

McClelland, David, C. (1979). The Impact of Achievement Motivation Training on Small Businesses. *California Management Review*.

McClelland, David, C. (1987). Characteristics of Successful Entrepreneurs. *Journal of Creative Behavior*, 23(3), 219-233.

Moran, P., Ghoshal, S (1996). Theories of Economic Organization: The Case for Realism and Balance. *The Academy of Management Review*, 21(1), 58-72.

Murphy, J. J. (1966). The Entrepreneurship in the establishment of the American clock industry. *Journal of Economic History*, 26(2), 169-186.

Noorderhaven, S. B. a. N. (2005). Personality Characteristics of Self-Employed: An Empirical Study. *Small Business Economics, 24*, 159-167.

North, D. C. (1990). *Institutions, Institutional Change and Economic Performance*: Cambridge university press.

North, D. C. (1995). Structural Changes of Institutions and the Process of Transformation. *Prague Economic Papers 4*(3), 229-234.

Pearce, J., Robinson, R. (2000). Cultivating Guanxi as a Foreign Investor Strategy. *Business Horizons*, 43(1), 31-39.

Penrose, E. T. (1959). *The Theory of the Growth of the Firm*. Oxford: Oxford University Press.

Peterson, R. A. (1981). Entrepreneurship and Organisation. In P. C. N. a. W. H. Starbuck (Ed.), *Handbook of Organisation Design* (pp. 65-83). Oxford: Oxford University Press.

Radner, R. (1981). Monitoring Cooperative Agreements in a Repeated Principal-Agent Relationship. *Econometrica*, 49(5), 1127-1148.

Rey, P., and J. Tirol. (1999). *Divergence of Objectives and the Governance of Joint Ventures*. Unpublished manuscript, IDEI.

参考文献

Rothbard, M. N. (1995). Economic Thought Before Adam Smith: An Austrian Perspective on the History of Economic Thought: Edward Elgar.

Scase, R. (2003). Entrepreneurship and Proprietorship in Transition: Policy Implications for the SME Sector. In M. R. a. D. R. (Ed.), *Small and Medium Enterprises in Transitional Economies* (pp. 64-77): Palgrave Macmillan.

Schumpeter, J. A. (1934). *The Theory of Economic Development*. Cambridge: Harvard University Press.

Shane, S., and Venkataraman, S. (2000). The promise of entrepreneurship as a field of research. *Academy of Management Review*, 25, 217-226.

Scott, R. (1995). Institutions and organizations. Thousand Oaks: CA: Sage.

Shane, S. (2003). *A General Theory of Entrepreneurship: The Individual-Opportunity Nexus*. Williston: Edward Elgar Publishing.

Shefsky, L. E. (1996). *Entrepreneurs Are Made Not Born*. New York: Glencoe/Mcgraw-Hill.

Shenhav, Y. (1995). From Chaos to Systems: The Engineering Foundations of Organization Theory, 1879–1932. *Administrative Science Quarterly*, 40, 557-585.

Simeon Djankov, R. La Porta, Florencio Lopez-de-silanes and A. Shleifer. (2002). The Regulation of Entry. *The Quarterly Journal of Economics, 117*(1), 1-37.

Smallbone, D. a. W., F. . (2001). The distinctiveness of entrepreneurship in transition economies. *Small Business Economics, 16*(4), 249-262.

Solymossy, E. (2000). Entrepreneurial dimensions: the relationship of individual, venture and environmental factors to success. *Entrepreneurship:Theory and Practice, 24*(4), 79-81.

Spence, M., Zeckhauser, R. . (1971). Insurance, Information, and Individual Action. American Economic Review, 61(2), 380-387

Storey, D. J. (1994). *Understanding the Small Business Sector*. London: Thomson learning press.

Sutton, F. X. (1954). Achievement Norms and the Motivation of Entrepreneurs. Unpublished MA. Social Science Research Council and Harvard University Research Center in Entrepreneurial History.

Thurik, D. B. A. a. R. (2001). *Linking Entrepreneurship to Growth.*

Unpublished manuscript, OECD Science, Technology and Industry Working Papers.

Timmons, J. A. (1990). New Venture Creation. Boston: Irvin.

Timmons, J., Spinelli,S (2004). New Venture Strategies: Entrepreneurship For The 21st Century. Burr Ridge, IL: Irwin-McGraw-Hill Publishers.

Tuñón, M. (2006). 中国境内的劳动力流动：特征和应对措施 (Publication. Retrieved http://www.ilo.org/public/english/region/asro/beijing, from 国际劳工组织北京局)。

Tonoyan，姚明龙(2005). 信任的黑白两面性：腐败与企业家角色——对新兴和成熟市场经济的跨文化比较. 新政治经济学评论, 1(1).

Tversky, A., Kahneman, V (1990). Rational Choice and the Framing of Decisions. In K. Cook, Margaret, L (Ed.), The Limits of Rationality. Chicago University of Chicago Press

Verstraete. (2006, 18-21, June). *Connecting stakeholders theory and conventions theory to highlight the adhesion of stakeholders to the business model of a start-up.* Paper presented at the International Council for Small Business 51st World conference, Australia: Melbourne.

Weber, M. (1917). The Theory of Social and Economic Organisation. New York: Scribner.

Welter, F., Smallbone, D. (2003). Entrepreneurship and Enterprise Strategies in Transition Economies: An Institutional Perspective. In D. Kirby, Watson, A. (Ed.), Small Firms and Economic Development in Developed and Transition Economies: A Reader. (pp. 95-114.): Ashgate.

Williamson, O. (1979). Transaction-Cost Economics: The Governance of Contractual Relations. *Journal of Law and Economics*, 22(2), 233-261.

Williamson, O. E. (1981). The Economics of Organization: The Transaction Cost Approach. *The American Journal of Sociology*, 87(3), 548-577.

Williamson, O. E. (1985). The Economic Institutions of Governance. New York: Free Press.

Williamson, O. E. (1996). Economic Organization: The Case for Candor. *The Academy of Management Review*, 21(1), 48-57.

Williamson, O. E. (2000). Empirical Microeconomics :Another Perspective. Unpublished manuscript, University of California, Berkeley.

Wit, D., Meyer, R. (2004). Strategy Process, Content, Context: An

新创企业的企业家

International Perspective: West Publishing Company.

Witt, U. (1998a). Do Entrepreneurs Need Firms? *Review of Austrian Economics*, 11(1－2), 99-109.

Witt, U. (1998b). Imagination and Leadership: the Neglected Dimension of an Evolutionary Theory of the Firm. *Journal of Economic Behavior and Organization*, 35(2), 161-177.

Witt, U. (2007). Firms as Realizations of Entrepreneurial Visions. *Journal of Management Studies*, 44(7), 1125-1140.

Yan Aiming and Manolova, T. S. (1998). New and Small Players on Shaky Ground: a multicase study of emerging entrepreneurial firms in a transforming economy. *Journal of Applied Management Studies*, 7(1), 139-143.

Yang, X., Yew-Kwang Ng (1995). Theory of the firm and structure of residual rights. *Journal of Economic Behavior and Organization*, 26(1), 107-128.

Young, H. P. (2004). 个人策略与社会结构：制度的演化理论. 王勇译. 上海：上海人民出版社.

Zaheer, A., Venkatraman, N. (1995). Relational Governance as an Interorganizational Strategy: An Empirical Test of the Role of Trust in Economic Exchange. *Strategic Management Journal*, 16(5), 373-392.

Zingalas, L. (2000). In Search of New Foundations. *the Journal of Finance*, 55(4), 1623–1653.

奥利弗·哈特. (2005). 金融合同. 比较(16).

柏兰芝, 潘毅. (2003). 跨界治理：台资参与昆山制度创新的个案研究. 北京大学中国经济研究中心讨论稿, No. C2003012.

保罗·萨缪尔森, 威廉·诺德豪斯. (2003). 微观经济学. 北京：人民邮电出版社.

彼得·杜拉克. (2000). 创新与企业家精神. 海口：海南出版社.

储小平. (2003). 信任与家族企业的成长. 管理世界(6).

储小平. (2004). 家族企业的成长与社会资本的融合. 北京：经济科学出版社.

戴维·伯恩斯坦. (2006). 如何改变世界：社会企业家与新思想的威力. 吴士宏译. 北京：新星出版社.

德姆塞茨. (1999). 企业经济学. 梁小民译. 北京：中国社会科学出版社.

德姆塞茨. (1999). 所有权、控制与企业:论经济活动的组织. 段毅才译. 北京: 经济科学出版社.

贺小刚, 李新春. (2005). 企业家能力与企业成长：基于中国经验的实证研究. 经济研究 (10), 101～111.

胡家勇. (2002). 一只灵巧的手: 论政府转型. 北京: 社会科学文献出版社.

黄群慧. (2000). 控制权作为企业家的激励约束因素: 理论分析及现实解释意义. 经济研究(1), 41～47.

贾良定. (2001). 企业是什么——西方企业理论述评兼论现代工商企业的本质. 《南京大学学报》(哲学·人文科学·社会科学)(4).

姜建强. (2005). 创新的合约选择与企业家精神. 经济学季刊, 4(B10), 101～118.

科斯, 阿尔钦, 诺斯(Ed.). (1994). 财产权利与制度变迁——产权学派与新制度学派译文集. 上海: 上海人民出版社.

课题组. (2007, Feb, 17). 2006 年中国第七次私营企业抽样调查数据分析综合报告. 中华工商时报.

李海舰, 原磊. (2005). 论无边界企业. 中国工业经济(4).

李新春、宋宇、蒋年云. (2004). 高科技创业的地区差异. 中国社会科学(3), 17～30.

辛保平、程欣乔、宗春霞. (2005). 老板是怎样炼成的. 北京: 清华大学出版社.

李垣、刘益. (2002). 转型时期企业家机制论. 北京: 中国人民大学出版社.

林震岩. (2007). 多变量分析：SPSS 的操作与应用. 北京: 北京大学出版社.

刘小玄. (1996). 现代企业的激励机制: 剩余支配权. 经济研究(5).

罗伯特·巴隆, 斯科特·谢恩. (2005). 创业管理：基于过程的观点. 张玉利, 谭新生, 陈立新译. 北京: 机械工业出版社.

罗杰·弗朗茨. (1993). X 效率：理论、论据和应用. 上海: 上海译文出版社.

马歇尔. (2005). 经济学原理. 陈良璧译. 北京: 商务印书馆.

穆罕默德·尤努斯(孟加拉). (2006). 穷人的银行家. 吴士宏译. 上海: 生活·读书·新知三联书店.

青木昌彦. (2001). 比较制度分析. 周黎安译. 上海: 上海远东出版社.

时鹏程、许磊. (2006). 论企业家精神的三个层次及其启示. 外国经济与管理, 28(2), 44-51.

宋卫平. (2004). 企业家本位论——中小企业所有权制度安排. 北京: 经济科学出版社.

覃家琦、齐寅峰、李莉. (2005). 权益结构、债务责任与创业企业组织形态的选择: 理论与证据. Paper presented at the 第六届中国经济学年会论文.

童亮，陈劲. (2004). 女企业家的创业动机研究. 中国地质大学学报(社会科学版) (4).

王有佳. (2007). 海外人才纷至沓来. 人民日报海外版, http://www.china talents.gov.cn/zxdt/lxdt. Retrieved 13 Dec, 2007.

威廉姆森. (1985). 资本主义经济制度: 论企业签约与市场签约. 北京: 商务印书馆(2002).

肖建忠，唐艳艳. (2004). 企业家精神与经济增长关系的理论与经验研究综述. 外国经济与管理, 26(1), 1~6.

肖建忠，付宏. (2006). 社会企业的企业家精神: 创业动机与策略. Unpublished 研究论文.

肖建忠，易杏花, Smallbone, D. (2005). 企业家精神与绩效: 制度研究视角. 科研管理(6), 44~50.

谢德仁. (2001). 企业剩余索取权: 分享安排与剩余计量: 上海三联书店, 上海人民出版社.

亚当·斯密. (2003). 道德情操论. 余涌译. 北京: 中国社会科学出版社.

亚当·斯密. (2005). 国富论. 唐日松译. 北京: 华夏出版社.

杨德林. (2005). 中国科技型创业家行为与成长. 北京: 清华大学出版社.

杨其静. (2003). 财富、创业者才能与最优融资契约安排. 经济研究(4).

杨其静. (2005). 企业的企业家理论. 北京: 中国人民大学出版社.

杨瑞龙. (2001). 企业共同治理的经济学分析. 北京: 经济科学出版社.

杨小凯，黄有光. (1999). 专业化与经济组织——一种新兴古典微观经济学框架. 北京: 经济科学出版社.

张军. (2001). 话说企业家精神、金融制度与制度创新. 上海: 上海人民出版社.

张维、张立艳. (2006). SRISTI 在促进民间创新中的实践及其启示. Paper presented at the 创业研究与教育国际研讨会, 南开大学.

张维迎. (1995). 企业的企业家——契约理论. 上海: 上海三联书店.

张五常. (1994). 交易费用、风险规避与合约安排的选择. 参见: 科斯, 阿尔钦, 诺斯 (编), 财产权利与制度变迁——产权学派与新制度学派译文集. 上海: 上海人民出版社.

张玉利. (2003). 企业家型企业的创业与快速成长. 天津: 南开大学出

版社.

张玉利，杨俊. (2003). 企业家创业行为调查. 经济理论与经济管理(9), 61～66.

中国乡镇企业报. (2003 年 1 月 9 日). 探索新集体经济模式. Retrieved 2005 年 3 月 7 日.

周其仁. (1996). 市场里的企业：一个人力资本与非人力资本的特别合约. 经济研究(6), 71～80.

周其仁. (1997). "控制权回报"和"企业家控制的企业"——"公有制经济"中企业家人力资本产权的个案研究. 经济研究(5), 31～42.

周其仁. (2002). 产权与制度变迁：中国改革的经验研究. 北京：社会科学文献出版社.

周雪光. (2003). 组织社会学十讲. 北京：清华大学出版社.

周业安，赖步连. (2005). 认知、学习和制度研究——新制度经济学的困境和发展. 中国人民大学学报(1), 74～80.